Dieser Band enthält in englisch-deutschem Paralleldruck drei Erzählungen von Charles Dickens (1812–1870).

Die erste ist eine behaglich groteske, situationskomische Geschichte in der Nähe der Pickwick Papers, insbesondere mit den dort typischen wort-witzigen Dialogen.

Die zweite ist eine Art Geistergeschichte. Ein wenig melodramatisch, aber nicht nur. Und so ganz einfach geisterhaft ist sie auch nicht, sondern: mehr.

Die dritte ist ein Krimi, jawohl, eine frühe, eine vorklassische Detektivgeschichte mit einem hochinteressanten Bösewicht und sehr edlen, sehr britischen Gegenspielern.

Drei kleine Kabinettstücke dickens'scher Erzählkunst, die noch in keiner deutschen Dickens-Ausgabe zu finden sind.

dtv zweisprachig · Edition Langewiesche-Brandt

Charles Dickens

Hunted Down and other stories

Zur Strecke gebracht und andere Erzählungen

Übersetzung von Harald Raykowski

Deutscher Taschenbuch Verlag

© Deutscher Taschenbuch Verlag GmbH & Co. KG, München
November 1979. Originalausgabe
Umschlaggestaltung: Celestino Piatti
Gesamtherstellung: Kösel, Kempten
ISBN 3-423-09158-4. Printed in Germany

The Lamplighter · Der Laternenanzünder  6 · 7

To Be Read at Dusk · Bei Dämmerlicht zu lesen  42 · 43

Hunted Down · Zur Strecke gebracht  66 · 67

Anmerkungen  115

Nachwort des Übersetzers  116

# THE LAMPLIGHTER

"If you talk of Murphy and Francis Moore, gentlemen," said the lamplighter who was in the chair, "I mean to say that neither of 'em ever had any more to do with the stars than Tom Grig had."

"And what had *he* to do with 'em?" asked the lamplighter who officiated as vice.

"Nothing at all," replied the other; "just exactly nothing at all."

"Do you mean to say you don't believe in Murphy, then?" demanded the lamplighter who had opened the discussion.

"I mean to say I believe in Tom Grig," replied the chairman. "Whether I believe in Murphy, or not, is a matter between me and my conscience; and whether Murphy believes in himself, or not, is a matter between him and his conscience. Gentlemen, I drink your healths."

The lamplighter who did the company this honour, was seated in the chimney-corner of a certain tavern, which has been, time out of mind, the Lamplighters' House of Call. He sat in the midst of a circle of lamplighters, and was the cacique, or chief of the tribe.

If any of our readers have had the good fortune to behold a lamplighter's funeral, they will not be surprised to learn that lamplighters are a strange and primitive people; that they rigidly adhere to old ceremonies and customs which have been handed down among them from father to son since the first public lamp was lighted out of doors; that they intermarry, and betroth their children in infancy; that they enter into no plots or conspiracies (for who ever heard of a traitorous lamplighter?); that they commit no crimes against the laws of their country (there being no instance of a murderous or burglarious lamplighter); that they are, in short, notwithstanding their apparently volatile and restless character, a highly moral and reflective people: having among themselves as many traditional observances as the Jews, and being, as a body, if not as old as the hills, at least as old as the streets. It is an article of their creed that the first faint glimmering of true civilization shone in the first

# DER LATERNENANZÜNDER

«Wenn Sie von Murphy und Francis Moore reden, meine Herren», sagte der Laternenanzünder, der den Vorsitz hatte, «dann will ich Ihnen sagen, daß die beiden genauso viel mit den Sternen zu tun hatten wie Tom Grig.»

«Und was hatte der mit ihnen zu tun?» fragte der Laternenanzünder, der als Beisitzer amtierte.

«Gar nichts», erwiderte der erste. «Ganz genau gar nichts.»

«Wollen Sie damit etwa sagen, daß Sie nicht an Murphy glauben?» fragte der Laternenanzünder, der die Diskussion eröffnet hatte.

«Ich will damit sagen, daß ich an Tom Grig glaube», antwortete der Vorsitzende. «Ob ich an Murphy glaube oder nicht, das ist eine Sache zwischen mir und meinem Gewissen; und ob Murphy an sich selbst glaubt, ist eine Sache zwischen ihm und seinem Gewissen. Meine Herren, ich trinke auf Ihr Wohl.»

Der Laternenanzünder, welcher der versammelten Gesellschaft diese Ehre erwies, saß in der Kaminecke einer gewissen Schenke, die schon seit undenklichen Zeiten die «Herberge zum Laternenanzünder» heißt. Er saß inmitten eines Kreises von Laternenanzündern und war ihr Kazike oder Stammeshäuptling.

Wer von unseren Lesern schon einmal das Glück gehabt hat, einem Laternenanzünderbegräbnis beizuwohnen, den wird es nicht verwundern zu hören, daß Laternenanzünder ein eigenartiges und urwüchsiges Völkchen sind; daß sie strikt an alten Zeremonien und Sitten festhalten, welche bei ihnen vom Vater auf den Sohn weitergegeben worden sind seit dem Tag, da die erste öffentliche Laterne im Freien angezündet wurde; daß sie nur ihresgleichen heiraten und einander schon ihre Kleinkinder für die Ehe versprechen; daß sie sich nie an Anschlägen oder Verschwörungen beteiligen (denn wer hätte schon je von einem hochverräterischen Laternenanzünder gehört?); daß sie nie die Landesgesetze brechen (denn es ist kein Fall eines mordenden oder stehlenden Laternenanzünders bekannt); kurzum, daß sie trotz ihres scheinbar unsteten und ruhelosen Wesens höchst moralische und besonnene Leute sind, die in ihrer Gemeinschaft so viele alte Vorschriften beachten wie die Juden, und als Zunft, wenn auch nicht so alt wie die Berge, dann doch so alt wie die Straßen sind. Es ist für sie ein Glaubensartikel, daß der erste schwache Schimmer wahrer Kultur in der ersten Straßenlaterne erglänzte, die auf öffentliche Kosten unter-

street-light maintained at the public expense. They trace their existence and high position in the public esteem, in a direct line to the heathen mythology; and hold that the history of Prometheus himself is but a pleasant fable, whereof the true hero is a lamplighter.

"Gentlemen," said the lamplighter in the chair, "I drink your healths."

"And, perhaps, Sir," said the vice, holding up his glass, and rising a little way off his seat and sitting down again, in token that he recognised and returned the compliment, "perhaps you will add to that condescension by telling us who Tom Grig was, and how he came to be connected in your mind with Francis Moore, Physician."

"Hear, hear, hear!" cried the lamplighters generally.

"Tom Grig, gentlemen," said the chairman, "was one of us; and it happened to him, as it don't often happen to a public character in our line, that he had his what-you-may-call-it cast."

"His head?" said the vice.

"No," replied the chairman, "not his head."

"His face, perhaps?" said the vice. "No, not his face." "His legs?" "No, not his legs." Nor yet his arms, nor his hands, nor his feet, nor his chest, all of which were severally suggested.

"His nativity, perhaps?"

"That's it," said the chairman, awakening from his thoughtful attitude at the suggestion. "His nativity. That's what Tom had cast, gentlemen."

"In plaister?" asked the vice.

"I don't rightly know how it's done," returned the chairman. "But I suppose it was."

And there he stopped as if that were all he had to say; whereupon there arose a murmur among the company, which at length resolved itself into a request, conveyed through the vice, that he would go on. This being exactly what the chairman wanted, he mused for a little time, performed that agreeable ceremony which is popularly termed wetting one's whistle, and went on thus:

"Tom Grig, gentlemen, was, as I have said, one of us; and I may go further, and say he was an ornament to us, and such

halten wurde. Ihr Dasein und ihre hohe Stellung im öffentlichen Ansehen führen sie direkt auf die heidnische Mythologie zurück, und sie glauben, daß die Geschichte von Prometheus nichts als eine hübsche Fabel sei, deren eigentlicher Held ein Laternenanzünder ist.

«Meine Herren», sagte der Laternenanzünder, der den Vorsitz hatte, «ich trinke auf Ihr Wohl.»

«Und vielleicht, Sir», sagte darauf der Beisitzer, indem er sein Glas ergriff, sich ein wenig von seinem Platz erhob und sich wieder hinsetzte, womit er zeigte, daß er die Höflichkeitsbezeugung würdigte und erwiderte, «vielleicht tun Sie uns nach dieser Ehre auch noch die an zu erzählen, wer Tom Grig war und wie es kommt, daß Sie ihn mit Francis Moore, dem Arzt, in Verbindung bringen.»

«Hört, hört, hört!» riefen die Laternenanzünder allesamt.

«Tom Grig, meine Herren», sagte der Vorsitzende, «war einer der unseren; und es geschah eines Tages – was bei einer im öffentlichen Leben stehenden Persönlichkeit unseres Gewerbes nicht oft geschieht –, daß er sich ein Wiesagtmandochgleich anfertigen ließ.»

«Ein Porträt?» fragte der Beisitzer.

«Nein», erwiderte der Vorsitzende, «kein Porträt.»

«Ein Gebiß vielleicht?» fragte der Beisitzer. – «Nein, kein Gebiß.» – «Ein Holzbein?» – «Nein, kein Holzbein.» Und auch kein Glasauge, kein Bruchband, keine Perücke, keine Brille, was alles mehrfach vorgeschlagen wurde.

«Sein Horoskop vielleicht?»

«Richtig», sagte der Vorsitzende, der bei diesem Vorschlag aus seiner gedankenvollen Haltung aufwachte. «Sein Horoskop. Das ist's, was Tom sich anfertigen ließ, meine Herren.»

«Aus Gips?» fragte der Beisitzer.

«Ich weiß nicht recht, wie es gemacht wird», antwortete der Vorsitzende, «aber ich denke, so war es.»

Und hier hielt er inne, als ob das alles gewesen sei, was er zu sagen hatte; worauf sich in der Versammlung ein Gemurmel erhob, das schließlich in die durch den Beisitzer vorgetragene Bitte mündete, er möge doch fortfahren. Genau darauf hatte der Vorsitzende nur gewartet, und so sinnierte er noch einen Augenblick, zelebrierte jene angenehme Handlung, welche man landläufig «die Kehle anfeuchten» nennt und fuhr folgendermaßen fort:

«Tom Grig, meine Herren, war, wie gesagt, einer der unseren; und ich darf sogar weiter gehen und behaupten, daß er für uns eine Zierde war und einer von der Art, wie sie nur die guten alten Zeiten von

a one as only the good old times of oil and cotton could have produced. Tom's family, gentlemen, were all lamplighters."

"Not the ladies, I hope?" asked the vice.

"They had talent enough for it, Sir," rejoined the chairman, "and would have been, but for the prejudices of society. Let women have their rights, Sir, and the females of Tom's family would have been every one of 'em in office. But that emancipation hasn't come yet, and hadn't then, and consequently they confined themselves to the bosoms of their families, cooked the dinners, mended the clothes, minded the children, comforted their husbands, and attended to the house-keeping generally. It's a hard thing upon the women, gentlemen, that they are limited to such a sphere of action as this; very hard."

"I happen to know all about Tom, gentlemen, from the circumstance of his uncle by his mother's side having been my particular friend. His (that's Tom's uncle's) fate was a melancholy one. Gas was the death of him. When it was first talked of, he laughed. He wasn't angry; he laughed at the credulity of human nature. 'They might as well talk,' he says, 'of laying on an everlasting succession of glow-worms;' and then he laughed again, partly at his joke, and partly at poor humanity.

"In course of time, however, the thing got ground, the experiment was made, and they lighted up Pall Mall. Tom's uncle went to see it. I've heard that he fell off his ladder fourteen times that night, from weakness, and that he would certainly have gone on falling till he killed himself, if his last tumble hadn't been into a wheelbarrow which was going his way, and humanely took him home. 'I foresee in this,' says Tom's uncle faintly, and taking to his bed as he spoke – 'I foresee in this,' he says, 'the breaking up of our profession. There's no more going the rounds to trim by daylight, no more dribbling down of the oil on the hats and bonnets of ladies and gentlemen when one feels in spirits. Any low fellow can light a gas-lamp. And it's all up.' In this state of mind, he petitioned the government for – I want a word again, gentlemen – what do you call that which they give to people when it's found out, at last, that they've never been of any use, and have been paid too much for doing nothing?"

Lampenöl und Baumwolldocht hervorbringen konnten. In Toms Familie, meine Herren, waren sie alle Laternenanzünder.»

«Die Damen doch hoffentlich nicht?» fragte der Beisitzer.

«Talent dazu hatten sie genug, Sir», versetzte der Vorsitzende, «und sie wären auch welche gewesen, gäbe es nicht die gesellschaftlichen Vorurteile. Geben Sie den Frauen ihre Rechte, Sir, und alle weiblichen Mitglieder in Toms Familie hätten samt und sonders dieses Amt bekleidet. Aber es gibt noch immer keine Gleichberechtigung, und gab sie auch damals nicht, und folglich blieben sie im Schoß ihrer Familien, kochten die Mahlzeiten, flickten die Kleider, versorgten die Kinder, trösteten ihre Männer und kümmerten sich überhaupt um den Haushalt. Es ist hart für die Frauen, meine Herren, auf einen solchen Wirkungskreis eingeengt zu sein; sehr hart.

Zufällig weiß ich über Tom genau Bescheid, meine Herren, auf Grund des Umstands, daß sein Onkel mütterlicherseits mein besonderer Freund war. Sein Schicksal (ich meine das des Onkels) war ein betrübliches. Das Gas war sein Tod. Als man zuerst davon sprach, lachte er nur. Er war nicht etwa verärgert; er lachte nur über die menschliche Leichtgläubigkeit. ‹Genauso gut könnte man davon reden›, sagte er, ‹eine endlose Kette von Glühwürmchen aufzuhängen.› Und dann lachte er wieder, halb über seinen Scherz, halb über die arme Menschheit.

Im Laufe der Zeit machte die Sache jedoch Fortschritte; der Versuch wurde unternommen, und man beleuchtete Pall Mall. Toms Onkel ging hin, um es sich anzusehen. Wie ich höre, ist er in jener Nacht vierzehnmal vor Schwäche von seiner Leiter gefallen und wäre gewiß noch so oft hinuntergefallen, bis er tot war, wenn er seinen letzten Sturz nicht in einen Schubkarren getan hätte, der in seine Richtung fuhr und ihn aus Menschenfreundlichkeit nach Hause brachte. ‹Ich erblicke darin›, sagt Toms Onkel schwach und begibt sich, indem er das sagt, zu Bett, ‹ich erblicke darin›, sagt er, ‹das Ende unseres Berufes. Bald wird niemand mehr die Runde machen, um bei Tag die Laternendochte zu schneuzen, oder Öl auf die Hüte und Hauben von Damen und Herren verschütten, wenn er mal in Stimmung ist. Jeder gemeine Kerl kann eine Gaslaterne anzünden. Alles ist aus!› Und in dieser Gemütsverfassung reichte er bei der Regierung eine Petition ein und bat um – mir fällt wieder das Wort nicht ein, meine Herren – wie nennt man das, was Leute bekommen, wenn am Ende festgestellt wird, daß sie nie zu etwas nütze waren und fürs Nichtstun zuviel gezahlt bekamen?»

"Compensation?" suggested the vice.

"That's it," said the chairman. "Compensation. They didn't give it him, though, and then he got very fond of his country all at once, and went about saying that gas was a death-blow to his native land, and that it was a plot of the radicals to ruin the country and destroy the oil and cotton trade for ever, and that the whales would go and kill themselves privately, out of sheer spite and vexation at not being caught. At last he got right-down cracked: called his tobacco-pipe a gas-pipe; thought his tears were lamp-oil; and went on with all manner of nonsense of that sort, till one night he hung himself on a lamp-iron in Saint Martin's Lane, and there was an end of *him*.

"Tom loved him, gentlemen, but he survived it. He shed a tear over his grave, got very drunk, spoke a funeral oration that night in the watch-house, and was fined five shillings for it, in the morning. Some men are none the worse for this sort of thing. Tom was one of 'em. He went that very afternoon on a new beat: as clear in his head, and as free from fever as Father Mathew himself.

"Tom's new beat, gentlemen, was – I can't exactly say where, for that he'd never tell; but I know it was in a quiet part of town, where there were some queer old houses. I have always had it in my head that it must have been somewhere near Canonbury Tower in Islington, but that's a matter of opinion. Wherever it was, he went upon it, with a brand-new ladder, a white hat, a brown holland jacket and trousers, a blue neckerchief, and a sprig of full-blown double wall-flower in his button-hole. Tom was always genteel in his appearance, and I have heard from the best judges, that if he had left his ladder at home that afternoon, you might have took him for a lord.

"He was always merry, was Tom, and such a singer, that if there was any encouragement for native talent, he'd have been at the opera. He was on his ladder, lighting his first lamp, and singing to himself in a manner more easily to be conceived than described, when he hears the clock strike five, and suddenly sees an old gentleman with a telescope in his hand, throw up a window and look at him very hard.

"Tom didn't know what could be passing in this old

«Abfindung?» schlug der Beisitzer vor.

«Richtig», sagte der Vorsitzende. «Abfindung. Sie haben ihm aber keine gegeben, und da fing er plötzlich an, seine Heimat zu lieben, und erzählte überall herum, das Gas sei der Todesstoß für sein Vaterland und ein Komplott der Radikalen, um das Land zu ruinieren und den Öl- und Baumwollhandel für alle Zeit zu vernichten, und die Wale würden sich selbst das Leben nehmen aus lauter Verdruß und Ärger, weil keiner sie mehr fängt. Zu guter Letzt wurde er richtig wunderlich, nannte sein Pfeifenrohr ein Gasrohr, hielt seine Tränen für Laternenöl und fuhr mit allerhand Tollheiten dieser Art fort, bis er sich eines nachts an einem Laternenarm in der St. Martin's Lane aufhängte, und damit war Schluß mit ihm.

Tom hatte ihn geliebt, meine Herren, aber er kam darüber weg. Er vergoß an seinem Grab eine Träne, trank sich einen Rausch an, hielt am selben Abend auf der Wache eine Leichenrede und mußte dafür am nächsten Morgen fünf Schilling Strafe zahlen. Manchen Männern macht sowas gar nicht aus. Tom gehörte zu ihnen. Noch an diesem Nachmittag übernahm er eine neue Runde und war im Kopf so klar und fieberfrei wie Pater Mathew persönlich.

Toms neue Runde, meine Herren, war – ich kann nicht genau sagen wo, denn das verriet er nie; aber ich weiß, daß sie in einem ruhigen Stadtteil war, wo es ein paar wunderliche alte Häuser gab. Ich habe mir immer vorgestellt, daß es irgendwo in der Nähe von Canonbury Tower in Islington gewesen sein muß, doch das ist Ansichtssache. Aber egal wo sie war, er ging an die Arbeit mit einer nagelneuen Leiter, einem weißen Hut, einer braunen Leinenjacke mit passender Hose, einem blauen Halstuch und einem Zweig blühendem Goldlack im Knopfloch. Tom war ja immer eine vornehme Erscheinung, aber sachverständige Leute haben mir gesagt, daß man ihn an diesem Nachmittag, wenn er seine Leiter daheim gelassen hätte, für einen Lord hätte halten können.

Immer war er fröhlich, unser Tom, und wenn man Naturtalente auch nur im geringsten fördern würde, dann wäre er an der Oper gewesen, so gut wie der sang. Er stand gerade auf seiner Leiter und zündete seine erste Laterne an, während er auf eine Weise vor sich hinsummte, die sich leichter denken als beschreiben läßt, da hört er die Uhr fünfe schlagen und sieht plötzlich, wie ein alter Herr mit einem Fernrohr in der Hand ein Fenster öffnet und unverwandt zu ihm herübersieht.

Tom wußte nicht, was wohl im Kopf dieses alten Herrn vor sich

gentleman's mind. He thought it likely enough that he might be saying within himself, 'Here's a new lamplighter – a good-looking young fellow – shall I stand something to drink?' Thinking this possible, he keeps quite still, pretending to be very particular about the wick, and looks at the old gentleman sideways, seeming to take no notice of him.

"Gentlemen, he was one of the strangest and most mysterious-looking files that ever Tom clapped his eyes on. He was dressed all slovenly and untidy, in a great gown of a kind of bed-furniture pattern, with a cap of the same on his head; and a long old flapped waistcoat; with no braces, no strings, very few buttons – in short, with hardly any of those artificial contrivances that hold society together. Tom knew by these signs, and by his not being shaved, and by his not being over-clean, and by a sort of wisdom not quite awake, in his face, that he was a scientific old gentleman. He often told me that if he could have conceived the possibility of the whole Royal Society being boiled down into one man, he should have said the old gentleman's body was that Body.

"The old gentleman claps the telescope to his eye, looks all round, sees nobody else in sight, stares at Tom again, and cries out very loud:

"'Hal-loa!'

"'Halloa, Sir,' says Tom from the ladder; 'and halloa again, if you come to that.'

"'Here's an extraordinary fulfilment,' says the old gentleman, 'of a prediction of the planets.'

"'Is there?' says Tom. 'I'm very glad to hear it.'

"'Young man,' says the old gentleman, 'you don't know me.'

"'Sir,' says Tom, 'I have not that honour; but I shall be happy to drink your health, notwithstanding.'

"'I read,' cries the old gentleman, without taking any notice of this politeness on Tom's part – 'I read what's going to happen, in the stars.'

"Tom thanked him for the information, and begged to know if anything particular was going to happen in the stars, in the course of a week or so; but the old gentleman, correcting him, explained that he read in the stars what was going to happen on dry land, and that he was acquainted with all the celestial bodies.

gehen mochte. Er hielt es für durchaus denkbar, daß er zu sich sagte: ‹Da ist ja ein neuer Laternenanzünder – ein hübscher junger Bursche – ob ich ihm nicht was zu trinken spendieren sollte?› Da er dies für möglich hält, bleibt er ganz ruhig und tut so, als nehme er es mit dem Docht sehr genau. Dabei schielt er verstohlen aus den Augenwinkeln zu dem alten Herrn hin, scheinbar ohne Notiz von ihm zu nehmen.

Meine Herren, das war einer der seltsamsten und absonderlichsten Käuze, die Tom je zu Gesicht bekommen hatte. Er war sehr nachlässig und unsauber gekleidet und trug einen weiten Rock mit einer Art Bettzeugmuster, dazu eine ebensolche Mütze auf dem Kopf; ferner eine lange, altmodische Weste mit Aufschlägen, ohne Schnüre und Schlaufen, fast ohne Knöpfe – kurzum, fast ganz ohne jene Kunstmittel, welche unsere Gesellschaft zusammenhalten. An diesen Anzeichen und daran, daß er weder rasiert noch sonderlich sauber war, sowie an dem nicht ganz wachen Ausdruck von Klugheit in seinem Gesicht sah Tom, daß er ein gelehrter alter Herr war. Er hat oftmals zu mir gesagt, wenn er nur eine Möglichkeit hätte finden können, den ganzen Lehrkörper der Königlichen Akademie in einem einzigen Mann zu vereinigen, dann wäre seiner Ansicht nach der Körper des alten Herrn dieser Lehrkörper gewesen.

Der alte Herr nimmt das Fernrohr ans Auge, schaut umher, sieht sonst niemanden in der Nähe, starrt wiederum Tom an und ruft dann sehr laut:

‹Hallo!›

‹Hallo, Sir›, antwortet Tom, ‹und meinetwegen auch nochmal hallo.›

‹Da hat sich doch auf sonderbare Weise erfüllt›, sagt der alte Herr, ‹was die Sterne vorausgesagt haben.›

‹Wirklich?› sagt Tom. ‹Freut mich zu hören.›

‹Junger Mann›, sagt der alte Herr, ‹Sie kennen mich nicht.›

‹Sir›, entgegnet Tom, ‹ich habe zwar nicht die Ehre, aber nichtsdestoweniger werde ich gerne eins auf Ihr Wohl trinken.›

‹Ich lese›, ruft der alte Herr, ohne auf diese höfliche Bemerkung Toms einzugehen, ‹ich lese alles, was sich ereignen wird, in den Sternen.›

Tom dankte ihm für diese Mitteilung und erkundigte sich, ob sich im Lauf der nächsten Woche oder so etwas Besonderes ereignen werde in den Sternen; aber der alte Herr stellte das richtig und erklärte ihm, daß er in den Sternen lese, was auf dem Festland geschehen werde, und daß er sämtliche kosmischen Objekte bestens kenne.

"'I hope they're all well, Sir,' says Tom, – 'everybody.'

"'Hush!' cries the old gentleman. 'I have consulted the book of Fate with rare and wonderful success. I am versed in the great sciences of astrology and astronomy. In my house here, I have every description of apparatus for observing the course and motion of the planets. Six months ago, I derived from this source, the knowledge that precisely as the clock struck five this afternoon a stranger would present himself – the destined husband of my young and lovely niece – in reality of illustrious and high descent. but whose birth would be enveloped in uncertainty and mystery. Don't tell me yours isn't', says the old gentleman, who was in such a hurry to speak that he couldn't get the words out fast enough, 'for I know better.'

"Gentlemen, Tom was so astonished when he heard him say this, that he could hardly keep his footing on the ladder, and found it necessary to hold on by the lamp-post. There *was* a mystery about his birth. His mother had always admitted it. Tom had never known who was his father, and some people had gone so far as to say that even *she* was in doubt.

"While he was in this state of amazement, the old gentleman leaves the window, bursts out of the house-door, shakes the ladder, and Tom, like a ripe pumpkin, comes sliding down into his arms.

"'Let me embrace you,' he says, folding his arms about him, and nearly lighting up his old bed-furniture gown at Tom's link. 'You're a man of noble aspect. Everything combines to prove the accuracy of my observations. You have had mysterious promptings within you,' he says; 'I know you have had whisperings of greatness, eh?' he says.

"'I think I have,' says Tom – Tom was one of those who can persuade themselves to anything they like – 'I've often thought I wasn't the small beer I was taken for.'

"'You were right,' cries the old gentleman, hugging him again. 'Come in. My niece awaits us.'

"'Is the young lady tolerable good-looking, Sir?' says Tom, hanging fire rather, as he thought of her playing the piano, and knowing French, and being up to all manner of accomplishments.

"'She's beautiful!' cries the old gentleman, who was in

‹Ich hoffe, die Herrschaften sind alle wohlauf›, sagt Tom.

‹Still!› ruft der alte Herr. ‹Ich habe das Buch des Schicksals mit seltenem und wunderbarem Erfolg befragt. Ich bin in den großen Wissenschaften der Astrologie und Astronomie wohl bewandert. Hier in meinem Haus habe ich alle Arten von Gerät, um Bahn und Bewegung der Planeten zu beobachten.

Vor sechs Monaten schöpfte ich aus dieser Quelle das Wissen, daß sich am heutigen Nachmittag Schlag fünf ein Unbekannter zeigen würde – der künftige Gatte meiner jungen und reizenden Nichte – in Wahrheit von vornehmer und hoher Abkunft, dessen Geburt jedoch von Ungewißheit und Rätseln umgeben sein werde. Sagen Sie nicht, das treffe auf Sie nicht zu›, sagt der alte Herr, der so hastig sprach, daß er die Worte gar nicht schnell genug herausbringen konnte, ‹denn ich weiß das besser.›

Meine Herren, als Tom ihn das sagen hörte, war er so überrascht, daß er auf der Leiter fast den Halt verlor und sich am Laternenpfahl festklammern mußte. An seiner Herkunft war wirklich etwas ungeklärt. Seine Mutter hatte das stets zugegeben. Tom hatte nie gewußt, wer sein Vater war, und manche Leute hatten sogar behauptet, sie selbst sei im Zweifel.

Während er sich noch in diesem Zustand der Verblüffung befand, verläßt der alte Herr das Fenster, stürzt aus der Haustür, rüttelt an der Leiter, und wie ein reifer Kürbis rutscht Tom hinunter in seine Arme.

‹Kommen Sie an mein Herz›, sagt er und schließt ihn in seine Arme, wobei sein alter Bettzeug-Rock beinahe an Toms Fackel Feuer fängt. ‹Sie sind ein Mann von edlem Äußeren. Es paßt alles zusammen und beweist die Richtigkeit meiner Beobachtungen. Sie haben geheimnisvolle Eingebungen gehabt›, sagt er; ‹ich weiß, daß Ihnen eine innere Stimme etwas von Größe zugeraunt hat, nicht wahr?› sagt er.

‹Ich glaube schon›, sagt Tom darauf – Tom war nämlich einer von denen, die alles für wahr halten, was ihnen gefällt – ‹ich habe schon oft gedacht, daß ich gar nicht so eine halbe Portion bin, wie alle denken.›

‹Da haben Sie recht›, ruft der alte Herr und drückt ihn wieder ans Herz. ‹Kommen Sie herein. Meine Nichte erwartet uns.›

‹Sieht die junge Dame einigermaßen gut aus, Sir?› fragt Tom und macht ganz langsam, denn er stellte sich vor, daß sie Klavier spielte, Französisch sprach und sonst noch zu allerhand Tugenden imstande war.

‹Sie ist wunderschön!› ruft der alte Herr aus, der sich so schrecklich

such a terrible bustle that he was all in a perspiration. 'She has a graceful carriage, an exquisite shape, a sweet voice, a countenance beaming with animation and expression; and the eye,' he says, rubbing his hands, 'of a startled fawn.'

"Tom supposed this might mean, what was called among his circle of acquaintance, 'a game eye;' and, with a view to this defect, inquired whether the young lady had any cash.

"'She has five thousand pounds,' cries the old gentleman. 'But what of that? what of that? A word in your ear. I'm in search of the philosopher's stone. I have very nearly found it – not quite. It turns everything to gold; that's its property.'

"Tom naturally thought it must have a deal of property; and said that when the old gentleman did get it, he hoped he'd be careful to keep it in the family.

"'Certainly,' he says, 'of course. Five thousand pounds! What's five thousand pounds to us? What's five million?' he says. 'What's five thousand million? Money will be nothing to us. We shall never be able to spend it fast enough.'

"'We'll try what we can do, Sir,' says Tom.

"'We will,' says the old gentleman. 'Your name?'

"'Grig,' says Tom.

The old gentleman embraced him again, very tight; and without speaking another word, dragged him into the house in such an excited manner, that it was as much as Tom could do to take his link and ladder with him, and put them down in the passage.

"Gentlemen, if Tom hadn't been always remarkable for his love of truth, I think you would still have believed him when he said that all this was like a dream. There is no better way for a man to find out whether he is really asleep or awake, than calling for something to eat. If he's in a dream, gentlemen, he'll find something wanting in the flavour, depend upon it.

"Tom explained his doubts to the old gentleman, and said that if there was any cold meat in the house, it would ease his mind very much to test himself at once. The old gentleman ordered up a venison pie, a small ham, and a bottle of very old Madeira. At the first mouthful of pie and the first glass of wine, Tom smacks his lips and cries out, 'I'm awake – wide awake;' and to prove that he was so, gentlemen, he made an end of 'em both.

ereiferte, daß er ganz schweißgebadet war. ‹Ihr Gang ist graziös, ihre Figur vorzüglich,· ihre Stimme angenehm, ihr Antlitz strahlend lebhaft und ausdrucksvoll; und sie hat das Auge›, sagt er und reibt sich die Hände, ‹eines scheuen Rehs.›

Tom vermutete, daß damit gemeint sei, was man in seinem Bekanntenkreis ‹ein scheeles Auge› nannte; und in Anbetracht dieses Mangels erkundigte er sich, ob die junge Dame über Bares verfüge.

‹Sie besitzt fünftausend Pfund›, ruft der alte Herr aus. ‹Aber was ist das schon? Was ist das schon? Ihnen ins Ohr gesagt: Ich bin auf der Suche nach dem Stein der Weisen. Fast habe ich ihn schon entdeckt – noch nicht ganz. Er besitzt die Eigenschaft, alles in Gold zu verwandeln; ja, die besitzt er.›

Toms Gedanke war natürlich, da müsse er ja allerhand besitzen, und er sagte, wenn der alte Herr den Stein finde, werde er hoffentlich dafür sorgen, daß er in der Familie bleibe.

‹Freilich›, antwortet der, ‹gewiß. Fünftausend Pfund! Was sind uns fünftausend Pfund?! Oder fünf Millionen!› sagt er. ‹Oder fünf Milliarden. Geld wird uns nichts bedeuten. Wir werden es gar nicht so schnell ausgeben können.›

‹Wir werden unser Möglichstes tun, Sir›, sagt Tom.

‹Werden wir›, sagt der alte Herr. ‹Ihr Name?›

‹Grig›, sagt Tom.

Wieder umarmte ihn der alte Herr stürmisch; und ohne ein weiteres Wort zog er ihn ins Haus, und zwar so ungestüm, daß Tom nur mit Mühe seine Fackel und Leiter mitnehmen konnte, die er im Hausflur abstellte.

Meine Herren, auch wenn Tom nicht sowieso stets für seine Wahrheitsliebe bekannt gewesen wäre, hätten Sie ihm sicherlich geglaubt, als er sagte, daß ihm dies alles wie ein Traum vorkam. Es gibt keine bessere Methode, um festzustellen, ob man wach ist oder schläft, als wenn man sich etwas zum Essen bestellt. Wenn man träumt, meine Herren, hat man nämlich nicht den vollen Geschmack. Glauben Sie mir.

Tom legte dem alten Herrn seine Zweifel dar und sagte, falls es etwas kalten Braten im Haus gäbe, würde es ihn sehr beruhigen, wenn er sogleich die Probe aufs Exempel machen dürfte. Der alte Herr ließ eine Wildpastete, einen kleinen Schinken und eine Flasche sehr alten Madeira kommen. Nach dem ersten Bissen Pastete und dem ersten Glas Wein schmatzt Tom und ruft: ‹Ich bin wach – hellwach!› Und um es zu beweisen, meine Herren, verputzte er beides restlos.

"When Tom had finished his meal (which he never spoke of afterwards without tears in his eyes), the old gentleman hugs him again, and says, 'Noble stranger! let us visit my young and lovely niece.' Tom, who was a little elevated with the wine, replies, 'The noble stranger is agreeable!' At which words the old gentleman took him by the hand, and led him to the parlour; crying as he opened the door, 'Here is Mr. Grig, the favourite of the planets!'

"I will not attempt a description of female beauty, gentlemen, for every one of us has a model of his own that suits his own taste best. In this parlour that I'm speaking of, there were two young ladies; and if every gentleman present, will imagine models of his own in their places, and will be kind enough to polish 'em up to the very highest pitch of perfection, he will then have a faint conception of their uncommon radiance.

"Besides these two young ladies, there was their waiting-woman, that under any other circumstances Tom would have looked upon as a Venus; and besides her, there was a tall, thin, dismal-faced young gentleman, half man and half boy, dressed in a childish suit of clothes very much too short in the legs and arms; and looking, according to Tom's comparison, like one of the wax juveniles from a tailor's door, grown up and run to seed. Now, this youngster stamped his foot upon the ground and looked very fiece at Tom, and Tom looked fierce at him – for to tell the truth, gentlemen, Tom more than half suspected that when they entered the room he was kissing one of the young ladies: and for anything Tom knew, you observe, it might be *his* young lady – which was not pleasant.

"'Sir,' says Tom, 'before we proceed any further, will you have the goodness to inform me who this young Salamander' – Tom called him that for aggravation, you perceive, gentlemen – 'who this young Salamander may be?'

"'That, Mr. Grig,' says the old gentleman, 'is my little boy. He was christened Galileo Isaac Newton Flamstead. Don't mind him. He's a mere child.'

"'And a very fine child too,' says Tom – still aggravating, you'll observe – 'of his age, and as good as fine, I have no doubt. How do you do, my man?' with which kind and patronising expression, Tom reached up to pat him on the

Als Tom seine Mahlzeit beendet hatte (von der er später nie anders als mit Tränen in den Augen sprach), umarmte ihn der alte Herr wieder und sagte: ‹Edler Fremdling! Lassen Sie uns meine junge und liebliche Nichte aufsuchen.› Tom, den der Wein in eine etwas gehobene Stimmung versetzt hatte, erwiderte: ‹Der edle Fremdling ist einverstanden.› Bei diesen Worten nahm ihn der alte Herr an der Hand, führte ihn zum Wohnzimmer und rief, indem er die Tür öffnete: ‹Hier ist Mr. Grig, der Liebling der Planeten!›

Ich will gar nicht erst versuchen, meine Herren, weibliche Schönheit zu beschreiben, denn jeder von uns hat davon eine eigene Idealvorstellung, die seinem Geschmack am ehesten entspricht. In diesem Wohnzimmer, von dem ich spreche, befanden sich zwei junge Damen, und wenn nun jeder der anwesenden Herren sich an ihrer Stelle zwei seiner eigenen Idealvorstellungen denken und sie freundlicherweise auf Hochglanz polieren würde, dann hätten Sie ein schwaches Bild von ihrer außergewöhnlich strahlenden Schönheit.

Außer diesen beiden jungen Damen war dort deren Zofe, die Tom unter anderen Umständen sicherlich als eine Venus erschienen wäre; und außer dieser war da noch ein großer, schmaler, trübgesichtiger junger Herr, halb Erwachsener, halb Knabe in einem Kinderanzug, der ihm an Armen und Beinen viel zu kurz war. Toms Vergleich zufolge sah er aus wie einer dieser Wachsjünglinge vor einem Schneiderladen, nur höher aufgeschossen.

Dieser Knabe stampfte nun mit dem Fuß auf und sah Tom sehr finster an, und Tom blickte finster zurück, denn offen gesagt, meine Herren, Tom hatte ihn im dringenden Verdacht, daß er gerade eine der jungen Damen küßte, als sie hereinkamen; und Sie verstehen: das hätte schließlich Toms junge Dame sein können – was ihm nicht angenehm war.

‹Sir›, sagt Tom, ‹ehe wir fortfahren, haben Sie bitte die Güte, mir zu erklären, wer dieser junge Feuerfresser› – so nannte ihn Tom, um ihn zu ärgern, wie Sie bemerkt haben werden, meine Herren – ‹wer dieser junge Feuerfresser eigentlich ist.›

‹Das, Mr. Grig›, sagte der alte Herr, ‹ist mein kleiner Sohn. Er wurde auf den Namen Galileo Isaak Newton Flamstead getauft. Beachten Sie ihn gar nicht. Er ist noch ein Kind.›

‹Ein hübsches Kind›, sagt Tom – immer noch stichelnd, wie Sie merken – ‹für sein Alter, und zweifellos so brav wie hübsch. Wie geht's junger Freund?› Und mit diesen wohlwollenden und herablassenden Bemerkungen langte Tom hinauf und strich ihm über den

head, and quoted two lines about little boys, from Doctor Watts's Hymns, which he had learnt at a Sunday School.

"It was very easy to see, gentlemen, by this youngster's frowning and by the waiting-maid's tossing her head and turning up her nose, and by the young ladies turning their backs and talking together at the other end of the room, that nobody but the old gentleman took very kindly to the noble stranger. Indeed, Tom plainly heard the waiting-woman say of her master, that so far from being able to read the stars as he pretended, she didn't believe he knew his letters in 'em, or at best that he had got further than words in one syllable; but Tom, not minding this (for he was in spirits after the Madeira), looks with an agreeable air towards the young ladies, and, kissing his hand to both, says to the old gentleman, 'Which is which?'

"'This,' says the old gentleman, leading out the handsomest, if one of 'em could possibly be said to be handsomer than the other – 'this is my niece, Miss Fanny Barker.'

"'If you'll permit me, Miss,' says Tom, 'being a noble stranger and a favourite of the planets, I will conduct myself as such.' With these words, he kisses the young lady in a very affable way, turns to the old gentleman, slaps him on the back, and says, 'When's it to come off, my buck?'

"The young lady coloured so deep, and her lip trembled so much, gentlemen, that Tom really thought she was going to cry. But she kept her feelings down, and turning to the old gentleman, says, 'Dear uncle, though you have the absolute disposal of my hand and fortune, and though you mean well in disposing of 'em thus, I ask you whether you don't think this is a mistake? Don't you think, dear uncle,' she says, 'that the stars must be in error? Is it not possible that the comet may have put 'em out?'

"'The stars,' says the old gentleman, 'couldn't make a mistake if they tried. Emma,' he says to the other young lady.

"'Yes, papa,' says she.

"'The same day that makes your cousin Mrs. Grig will unite you to the gifted Mooney. No remonstrance – no tears. Now, Mr. Grig, let me conduct you to that hallowed ground, that philosophical retreat, where my friend and partner, the gifted Mooney of whom I have just now spoken, is even now

Kopf, wobei er ein paar Verse über kleine Jungen aus Doktor Watts' Gesangbuch zitierte, die er in der Sonntagsschule gelernt hatte.

Man erkannte sofort, meine Herren, an den finsteren Blicken des jungen Burschen und an der Art, wie die Zofe den Kopf zurückwarf und die Nase erhob, und daran, daß die jungen Damen sich umdrehten und am anderen Ende des Zimmers miteinander redeten, daß außer dem alten Herrn niemand an dem edlen Fremdling Gefallen fand. Tom hörte sogar die Zofe über ihren Herrn sagen, er sei nicht nur weit davon entfernt, in den Sternen lesen zu können, wie er immer behaupte, sondern sie glaube, daß er nicht einmal ihre Buchstaben kenne oder höchstens bis zu den einsilbigen Wörtern gekommen sei; doch Tom, den das nicht störte (denn er war vergnügt nach dem Madeira), sah mit liebenswürdiger Miene zu den jungen Damen hinüber, warf beiden eine Kußhand zu und fragte den alten Herrn: ‹Welche ist es denn?›

‹Dies›, sagte der alte Herr und führte die hübscheste herbei, sofern man überhaupt sagen kann, daß eine hübscher war als die andere – ‹dies ist meine Nichte, Miss Fanny Barker.›

‹Mit Ihrer Erlaubnis, Miss›, sagt Tom, ‹da ich ein edler Fremdling bin und ein Liebling der Planeten, will ich mich als solcher erweisen.› Und mit diesen Worten küßt er die junge Dame höchst leutselig, wendet sich zu dem alten Herrn, schlägt ihm auf die Schulter und fragt: ‹Wann soll's denn soweit sein, mein Freund?›

Die junge Dame errötete so tief und ihr Mund zitterte derart, meine Herren, daß Tom wahrhaftig dachte, sie werde gleich anfangen zu weinen. Aber sie beherrschte sich und sagte, indem sie sich dem alten Herrn zuwandte: ‹Lieber Onkel, obwohl du die alleinige Verfügungsgewalt über meine Hand und mein Vermögen hast, und obwohl du es gut meinst, wenn du solchermaßen über beides verfügst, so frage ich dich doch, ob du das nicht für einen Fehler hältst. Glaubst du nicht, lieber Onkel›, sagt sie, ‹daß die Sterne sich irren müssen? Wäre es nicht möglich, daß der Komet sie durcheinandergebracht hat?›

‹Die Sterne›, erwidert darauf der alte Herr, ‹könnten sich nicht einmal irren, wenn sie es wollten. Emma›, sagt er dann zu der anderen jungen Dame.

‹Ja, Papa›, antwortet sie.

‹Derselbe Tag, der aus deiner Cousine Mrs. Grig macht, wird dich und den talentierten Mooney zusammenführen. Kein Widerspruch – keine Tränen. Und jetzt, Mr. Grig, will ich Sie in jenen heiligen Hain führen, jene Klause der Weisheit, wo mein Freund und Partner, der

pursuing those discoveries which shall enrich us with the precious metal, and make us masters of the world. Come, Mr. Grig,' he says.

"'With all my heart, Sir,' replies Tom; 'and luck to the gifted Mooney, say I – not so much on his account as for our worthy selves!' With this sentiment, Tom kissed his hand to the ladies again, and followed him out; having the gratification to perceive, as he looked back, that they were all hanging on by the arms and legs of Galileo Isaac Newton Flamstead, to prevent him from following the noble stranger, and tearing him to pieces.

"Gentlemen, Tom's father-in-law that was to be, took him by the hand, and having lighted a little lamp, led him across a paved court-yard at the back of the house, into a very large, dark, gloomy room: filled with all manner of bottles, globes, books, telescopes, crocodiles, alligators, and other scientific instruments of every kind. In the centre of this room was a stove or furnace, with what Tom called a pot, but which in my opinion was a crucible, in full boil. In one corner was a sort of ladder leading through the roof; and up this ladder the old gentleman pointed, as he said in a whisper:

"'The observatory. Mr. Mooney is even now watching for the precise time at which we are to come into all the riches of the earth. It will be necessary for he and I, alone in that silent place, to cast your nativity before the hour arrives. Put the day and minute of your birth on this piece of paper, and leave the rest to me.'

"'You don't mean to say,' says Tom, doing as he was told and giving him back the paper, 'that I'm to wait here long, do you? It's a precious dismal place.'

"'Hush!' says the old gentleman. 'It's hallowed ground. Farewell!'

"'Stop a minute,' says Tom. 'What a hurry you're in! What's in that large bottle yonder?'

"'It's a child with three heads,' says the old gentleman; 'and everything else in proportion.'

"'Why don't you throw him away?' says Tom. 'What do you keep such unpleasant things here for?'

"'Throw him away!' cries the old gentleman. 'We use him constantly in astrology. He's a charm.'

talentierte Mooney, von dem ich soeben sprach, zur Stunde an jenen Entdeckungen arbeitet, die uns mit dem edlen Metall bereichern und zu Herren der Welt machen sollen. Kommen Sie, Mr. Grig›, sagt er.

‹Von Herzen gern, Sir›, erwidert Tom, ‹und dem talentierten Mooney wünsch' ich viel Glück – nicht so sehr seinetwegen, sondern in unserem höchsteigenen Interesse!› Nach dieser Meinungsäußerung warf er den Damen nochmals eine Kußhand zu und folgte ihm hinaus; wobei er, als er zurückblickte, mit Genugtuung sah, wie sie alle an Galileo Isaak Newton Flamsteads Armen und Beinen hingen, um ihn daran zu hindern, dem edlen Fremdling zu folgen und ihn in Stücke zu reißen.

Meine Herren, Toms zukünftiger Schwiegervater nahm ihn bei der Hand, und nachdem er eine kleine Laterne angezündet hatte, führte er ihn über einen gepflasterten Hof hinter dem Haus in einen sehr großen, düsteren, unheimlichen Raum voll von allerlei Flaschen, Globen, Büchern, Fernrohren, Krokodilen, Alligatoren und anderen wissenschaftlichen Instrumenten jeglicher Art. In der Mitte dieses Raumes befand sich ein Herd oder Ofen, auf dem, wie Tom dazu sagte, ein Topf stand, der aber meiner Meinung nach ein Schmelztiegel war und in dem es heftig brodelte. In einer Ecke lehnte eine Art Leiter, die zum Dach hinausführte; und an dieser Leiter deutete der alte Herr hinauf, als er flüsternd sagte:

‹Das Observatorium. Mr. Mooney hält eben gerade Ausschau nach dem genauen Zeitpunkt, zu dem wir alle Reichtümer dieser Welt erlangen werden. Es wird erforderlich sein, daß er und ich, allein an diesem einsamen Ort, Ihr Horoskop stellen, bevor die Stunde kommt. Schreiben Sie Tag und Zeit Ihrer Geburt auf diesen Zettel und überlassen Sie alles andere mir.›

‹Heißt das etwa›, fragt Tom, der tut wie geheißen und ihm das Papier zurückgibt, ‹daß ich hier lange warten soll? Es ist hier ziemlich düster.›

‹Still!› sagt der alte Herr. ‹Dies ist geheiligter Boden. Adieu.›

‹Warten Sie›, sagt Tom, ‹warum haben Sie's so eilig? Was ist denn in der großen Flasche dort?›

‹Ein Kind mit drei Köpfen›, antwortet der alte Herr. ‹Aber alles andere wohlproportioniert.›

‹Warum werfen Sie's nicht weg?› fragt Tom. ‹Wozu heben Sie hier solche ekligen Dinge auf?›

‹Wegwerfen!› ruft der alte Herr entsetzt. ‹Wir benötigen es ständig in der Astrologie. Es ist ein Zaubermittel.›

"'I shouldn't have thought it,' says Tom, 'from his appearance. *Must* you go, I say?'

"The old gentleman makes him no answer, but climbs up the ladder in a greater bustle than ever. Tom looked after his legs till there was nothing of him left, and then sat down to wait; feeling (so he used to say) as comfortable as if he was going to be made a freemason, and they were heating the pokers.

"Tom waited so long, gentlemen, that he began to think it must be getting on for midnight at least, and felt more dismal and lonely than ever he had done in all his life. He tried every means of whiling away the time, but it never had seemed to move so slow. First, he took a nearer view of the child with three heads, and thought what a comfort it must have been to his parents. Then he looked up a long telescope which was pointed out of the window, but saw nothing particular, in consequence of the stopper being on at the other end. Then he came to a skeleton in a glass case, labelled, 'Skeleton of a Gentleman – prepared by Mr. Mooney,' – which made him hope that Mr. Mooney might not be in the habit of preparing gentlemen that way without their own consent. A hundred times, at least, he looked into the pot where they were boiling the philosopher's stone down to the proper consistency, and wondered whether it was nearly done. 'When it is,' thinks Tom, 'I'll send out for sixpenn'orth of sprats, and turn 'em into gold fish for a first experiment.' Besides which, he made up his mind, gentlemen, to have a country-house and a park; and to plant a bit of it with a double row of gas-lamps a mile long, and go out every night with a French-polished mahogany ladder, and two servants in livery behind him, to light 'em for his own pleasure.

"At length and at last, the old gentleman's legs appeared upon the steps leading through the roof, and he came slowly down: bringing along with him, the gifted Mooney. This Mooney, gentlemen, was even more scientific in appearance than his friend; and had, as Tom often declared upon his word and honour, the dirtiest face we can possibly know of, in this imperfect state of existence.

"Gentlemen, you are all aware that if a scientific man isn't absent in his mind, he's of no good at all. Mr. Mooney was so

‹Das hätte ich nicht gedacht›, sagt Tom darauf. ‹So wie das aussieht. Müssen Sie wirklich fort?›

Der alte Herr antwortet nicht, sondern klettert geschäftiger denn je die Leiter hinauf. Tom sah seinen Beinen nach, bis nichts mehr von ihm übrig war, und setzte sich dann hin, um zu warten. Dabei (so pflegte er zu sagen) war ihm so behaglich zumute, als hätte man ihn zum Freimaurer machen wollen und sei dabei, die Feuereisen zu erhitzen.

Tom wartete so lange, meine Herren, daß er schon dachte, es müsse mindestens auf Mitternacht zugehen, und er fühlte sich elender und einsamer als je zuvor in seinem Leben. Mit allen Mitteln versuchte er, sich die Zeit zu vertreiben, aber noch nie war sie ihm so langsam vergangen. Zuerst besah er sich das dreiköpfige Kind näher und dachte dabei, wie sich dessen Eltern wohl gefreut haben mußten. Dann schaute er durch ein langes Fernrohr, das zum Fenster hinaus gerichtet war, sah aber nichts Genaues aufgrund des Umstandes, daß das andere Ende abgedeckt war.

Darauf kam er zu einem Skelett in einem Glasschrank mit der Aufschrift: ‹Skelett eines Herrn – präpariert von Mr. Mooney›, was ihn wünschen ließ, Mr. Mooney möge nicht die Angewohnheit haben, Herren ohne deren Zustimmung so zu präparieren. Mindestens hundertmal guckte er in den Topf, in dem sie den Stein der Weisen einkochen ließen, bis er die richtige Konsistenz hatte, und fragte sich, ob es bald soweit sei. ‹Wenn er fertig ist›, dachte Tom, ‹dann lasse ich mir für Sixpence Sprotten kommen und versuche als erstes, daraus Goldfische zu machen.› Außerdem beschloß er, meine Herren, ein Landhaus anzuschaffen mit einem Park, um in diesem ein Stückchen mit einer Doppelreihe Gaslaternen zu bepflanzen, eine Meile lang, und dann jeden Abend mit einer polierten Mahagonileiter und zwei livrierten Dienern im Gefolge hinauszugehen und sie zum eigenen Vergnügen anzuzünden.

Zu guter Letzt erschienen die Beine des alten Herrn wieder auf der Leiter, die zum Dach hinausführte, und er kam langsam herunter, gefolgt vom talentierten Mooney. Dieser Mooney, meine Herren, war von noch wissenschaftlicherem Aussehen als sein Freund und hatte, wie Tom des öfteren ehrenwörtlich versicherte, das schmutzigste Gesicht, das man sich überhaupt vorstellen kann in der Unvollkommenheit dieses Daseins.

Meine Herren, Sie sind sich ja alle darüber im klaren, daß ein Wissenschaftler, der nicht zerstreut ist, gar nichts taugt. Mr. Mooney

absent, that when the old gentleman said to him, 'Shake hands with Mr. Grig,' he put out his leg. 'Here's a mind, Mr. Grig!' cries the old gentleman in a rapture. 'Here's philosophy! Here's rumination! Don't disturb him,' he says, 'for this is amazing!'

"Tom had no wish to disturb him, having nothing particular to say; but he was so uncommonly amazing, that the old gentleman got impatient, and determined to give him an electric shock to bring him to – 'for you must known, Mr. Grig,' he says, 'that we always keep a strongly charged battery, ready for that purpose.' These means being resorted to, gentlemen, the gifted Mooney revived with a loud roar, and he no sooner came to himself than both he and the old gentleman looked at Tom with compassion, and shed tears abundantly.

"'My dear friend,' says the old gentleman to the Gifted. 'prepare him.'

"'I say,' cries Tom, falling back, 'none of that, you know. No preparing by Mr. Mooney if you please.'

"'Alas!' replies the old gentleman, you don't understand us. My friend, inform him of his fate. – I can't.'

"The Gifted mustered up his voice, after many efforts, and informed Tom that his nativity had been carefully cast, and he would expire at exactly thirty-five minutes, twenty-seven seconds, and five-sixths of a second past nine o'clock, a. m., on that day two months.

"Gentlemen, I leave you to judge what were Tom's feelings at this announcement, on the eve of matrimony and endless riches. 'I think,' he says in a trembling voice, 'there must be a mistake in the working of that sum. Will you do me the favour to cast it up again?' – 'There is no mistake,' replies the old gentleman, 'it is confirmed by Francis Moore, Physician. Here is the prediction for tomorrow two months.' And he showed him the page, where sure enough were these words – 'The decease of a great person may be looked for, about this time.'

"'Which,' says the old gentleman, 'is clearly you, Mr. Grig.'

"'Too clearly,' cries Tom, sinking into a chair, and giving one hand to the old gentleman, and one to the Gifted. 'The orb of day has set on Thomas Grig for ever!'

war aber so geistesabwesend, daß er, als der alte Herr zu ihm sagte: ‹Darf ich Ihnen Mr. Grig vorstellen›, sein Bein hinstreckte statt der Hand. ‹So ein Verstand, Mr. Grig!› rief der alte Herr begeistert aus. ‹Solcher Tiefsinn! Solche Denkkraft. Stören Sie ihn nicht›, sagte er, ‹denn das ist erstaunlich!›

Tom dachte gar nicht daran, ihn zu stören, da er ihm nichts Besonderes zu sagen hatte; aber der Mann war so überaus erstaunlich, daß der alte Herr ungeduldig wurde und sich entschloß, ihm einen elektrischen Schlag zu versetzen, um ihn zu sich zu bringen – ‹denn Sie müssen wissen, Mr. Grig›, sagt er, ‹daß wir für diesen Zweck stets eine stark geladene Batterie bereithalten.› Man griff also zu diesem Mittel, meine Herren, woraufhin der talentierte Mooney mit einem lauten Schrei erwachte, und kaum war er bei Sinnen, da schauten er und der alte Herr voll Mitgefühl auf Tom, und sie vergossen reichlich Tränen.

‹Mein lieber Freund›, sagt der alte Herr zum Talentierten, ‹präparieren Sie ihn mal ein bißchen.›

‹Augenblick mal!› ruft Tom und weicht zurück. ‹Lassen Sie das gefälligst. Nichts da von Mr. Mooneys Präparaten, bitte schön.›

‹Ach!› entgegnet der alte Herr. ‹Sie verstehen uns nicht. Mein Freund, klären Sie ihn über sein Schicksal auf. – Ich vermag es nicht.›

Nach vielen Anstrengungen fand der Talentierte seine Stimme wieder und teilte Tom mit, daß man mit Sorgfalt sein Horoskop gestellt habe und er am nämlichen Tag in zwei Monaten genau um fünfunddreißig Minuten und siebenundzwanzig fünf Sechstel Sekunden nach neun Uhr morgens verscheiden werde.

Meine Herren, ich überlasse es Ihnen zu beurteilen, wie Tom bei dieser Ankündigung zumute war – an der Schwelle von Ehe und grenzenlosem Reichtum. ‹Da muß doch›, sagt er mit zitternder Stimme, ‹ein Rechenfehler unterlaufen sein. Würden Sie mir den Gefallen tun, die Zahlen nochmal auszurechnen?› – ‹Da ist kein Fehler drin›, sagt darauf der alte Herr. ‹Doktor Francis Moore bestätigte es. Hier ist seine Vorhersage für morgen in zwei Monaten.› Und er zeigte ihm die Seite, auf der wahrhaftig folgende Worte standen: ‹Mit dem Ableben einer hochgestellten Persönlichkeit kann um diese Zeit gerechnet werden.›

‹Und das›, sagt der alte Herr, ‹sind eindeutig Sie, Mr. Grig.›

‹Viel zu eindeutig›, ruft Tom aus und sinkt auf einen Stuhl, die eine Hand dem alten Herrn, die andere dem Talentierten reichend. ‹Das Tagesgestirn hat aufgehört, für Thomas Grig zu leuchten!›

"At this affecting remark, the Gifted shed tears again, and the other two mingled their tears with his, in a kind – if I may use the expression – of Mooney and Co.'s entire. But the old gentleman recovering first, observed that this was only a reason for hastening the marriage, in order that Tom's distinguished race might be transmitted to posterity; and requesting the Gifted to console Mr. Grig during his temporary absence, he withdrew to settle the preliminaries with his niece immediatly.

"And now, gentlemen, a very extraordinary and remarkable occurrence took place; for as Tom sat in a melancholy way in one chair, and the Gifted sat in a melancholy way in another, a couple of doors were thrown violently open, the two young ladies rushed in, and one knelt down in a loving attitude at Tom's feet, and the other at the Gifted's. So far, perhaps, as Tom was concerned – as he used to say – you will say there was nothing strange in this: but you will be of a different opinion when you understand that Tom's young lady was kneeling to the Gifted, and the Gifted's young lady was kneeling to Tom.

"'Halloa! stop a minute!' cries Tom; 'here's a mistake. I need condoling with by sympathising woman, under my afflicting circumstances; but we're out in the figure. Change partners, Mooney.'

"'Monster!' cries Tom's young lady, clinging to the Gifted.

"'Miss!' says Tom. 'Is *that* your manners?'

"'I abjure thee!' cries Toms's young lady. 'I renounce thee. I never will be thine. Thou,' she says to the Gifted, 'art the object of my first and all-engrossing passion. Wrapt in thy sublime visions, thou hast not perceived my love; but, driven to despair, I now shake off the woman and avow it. Oh, cruel, cruel man!' With which reproach she laid her head upon the Gifted's breast, and put her arms about him in the tenderest manner possible, gentlemen.

"'And I,' says the other young lady, in a sort of ecstasy, that made Tom start – 'I hereby abjure my chosen husband too. Hear me, Goblin!' – this was to the Gifted – 'Hear me! I hold thee in the deepest detestation. The maddening interview of this one night has filled my soul with love – but

Bei dieser ergreifenden Bemerkung vergoß der Talentierte abermals Tränen, und diese vermischten sich mit den Tränen der beiden anderen zu einer Art – wenn mir der Ausdruck erlaubt ist – Mooney & Co-Bräu. Aber der alte Herr, der sich als erster wieder faßte, erklärte, daß dies doch nur ein Grund sei, die Eheschließung zu beschleunigen, auf daß Toms edle Art der Nachwelt weitergegeben werde; und er bat den Talentierten, er möge Mr. Grig während seiner vorübergehenden Abwesenheit trösten, worauf er sich entfernte, um augenblicklich mit seiner Nichte die Vorbereitungen zu treffen.

Und nun, meine Herren, ereignete sich etwas sehr Außergewöhnliches und Bemerkenswertes. Während nämlich Tom trübsinnig auf einem Stuhl und der Talentierte trübsinnig auf einem anderen Stuhl saßen, wurden plötzlich zwei Türen aufgestoßen, und die beiden jungen Damen stürmten herein, von denen die eine zu Toms Füßen, die andere zu des Talentierten Füßen in liebevoller Haltung niederkniete. Bis hierher, jedenfalls soweit es Tom anging (wie er zu sagen pflegte), finden Sie daran ja vielleicht nichts Ungewöhnliches: Aber Sie werden anders darüber denken, wenn Sie erfahren, daß Toms junge Dame vor dem Talentierten kniete und die junge Dame des Talentierten vor Tom.

‹Hoppla! Einen Augenblick!› ruft Tom. ‹Das ist doch ein Irrtum! In meiner beklagenswerten Verfassung bedarf ich zwar der Tröstungen eines mitfühlenden Frauenherzens, aber die Paare stimmen nicht. Partnerwechsel, Mooney!›

‹Scheusal!› schreit da Toms junge Dame und klammert sich an den Talentierten.

‹Aber Fräulein!› sagt Tom. ‹Wo bleiben Ihre Manieren!›

‹Ich schwöre Euch ab!› schreit Toms junge Dame. ‹Ich sage mich von Euch los. Nie werde ich die Eure sein. Ihr›, sagt sie zum Talentierten, ‹seid der Gegenstand meiner ersten und allumfassenden Leidenschaft. Umhüllt von hehren Visionen, habt Ihr meine Liebe nie bemerkt; doch zur Verzweiflung getrieben, verleugne ich nunmehr das Weib in mir und bekenne sie Euch. Oh grausamer, grausamer Mann!› Bei diesen Vorwürfen lehnte sie den Kopf an die Brust des Talentierten und umschlang ihn auf die denkbar zärtlichste Weise, meine Herren.

‹Und ich›, rief die andere junge Dame in einer Art von Ekstase, die Tom zusammenschrecken ließ, ‹ich schwöre hiermit gleichfalls dem mir zugedachten Gatten ab. Hört mich an, Erdgeist!› – das galt dem Talentierten – ‹Hört mich an! Zutiefst verabscheue ich Euch. Die aberwitzige Begegnung dieses Abends hat mein Herz in Liebe

not for thee. It is for thee, for thee, young man,' she cries to tom. 'As Monk Lewis finely observes, Thomas, Thomas, I am thine, Thomas, Thomas, thou art mine: thine for ever, mine for ever!' with which words, she became very tender likewise.

"Tom and the Gifted, gentlemen, as you may believe, looked at each other in a very awkward manner, and with thoughts not at all complimentary to the two young ladies. As to the Gifted, I have heard Tom say often, that he was certain he was in a fit, and had it inwardly.

"'Speak to me! Oh, speak to me!' cries Tom's young lady to the Gifted.

"'I don't want to speak to anybody,' he says, finding his voice at last, and trying to push her away. 'I think I had better go. I'm – I'm frightened,' he says, looking about as if he had lost something.

"'Not one look of love!' she cries. 'Hear me while I declare –'

"'I don't know how to look a look of love,' he says, all in a maze. 'Don't declare anything. I don't want to hear anybody.'

"'That's right!' cries the old gentleman (who it seems had been listening). 'That's right! Don't hear her. Emma shall marry you to-morrow, my friend, whether she likes it or not, and *she* shall marry Mr. Grig.'

"Gentlemen, these words were no sooner out of his mouth than Galileo Isaac Newton Flamstead (who it seems had been listening too) darts in, and spinning round and round, like a young giant's top, cries, 'Let her. Let her. I'm fierce; I'm furious. I give her leave. I'll never marry anybody after this – never. It isn't safe. She is the falsest of the false,' he cries, tearing his hair and gnashing his teeth; 'and I'll live and die a bachelor!'

"'The little boy,' observed the Gifted gravely, 'albeit of tender years, has spoken wisdom. I have been led to the contemplation of woman-kind, and will not adventure on the troubled waters of matrimony.'

"'What!' says the old gentleman, 'not marry my daughter! Won't you, Mooney? Not if I make her? Won't you? Won't you?'

entflammt – doch nicht für Euch, sondern für Euch, für Euch, junger Herr›, ruft sie Tom zu. ‹Wie Monk Lewis so treffend sagt: Thomas, Thomas, ich bin dein; Thomas, Thomas, du bist mein; dein für immer, mein für immer!› Und bei diesen Worten wurde auch sie sehr zärtlich.

Tom und der Talentierte sahen sich, wie Sie sich vorstellen können, meine Herren, sehr betreten an, und was sie dabei dachten, war für die zwei jungen Damen gar nicht schmeichelhaft. Was den Talentierten betrifft, so hat Tom mir gegenüber oft die Vermutung geäußert, er habe einen Anfall erlitten, aber mehr innerlich.

‹Sagt etwas! Oh, sagt etwas!› flehte Toms junge Dame den Talentierten an.

‹Ich will zu niemandem etwas sagen›, erwidert der, als er endlich seine Stimme wiedergefunden hat, und versucht, sie beiseite zu schieben. ‹Ich werde jetzt besser gehen. Mir ... mir ist das unheimlich›, sagt er und schaut umher, als habe er etwas verloren.

‹Nicht einen liebevollen Blick!› ruft sie aus. ‹Hört mich an, laßt mich erklären...›

‹Ich weiß nicht, wie man einen liebevollen Blick wirft›, sagt er ganz verwirrt. ‹Erklären Sie mir nichts. Ich will von niemandem etwas hören.›

‹So ist's recht!› ruft der alte Herr (der anscheinend gelauscht hatte). ‹So ist's recht! Hören Sie nicht auf sie. Morgen wird Emma Sie heiraten, mein Freund, ob es ihr nun gefällt oder nicht; und diese da wird Mr. Grig heiraten.›

Meine Herren, kaum waren diese Worte über seine Lippen gekommen, da stürmt Galileo Isaak Newton Flamstead (der anscheinend ebenfalls gelauscht hatte) herein, wirbelt wie ein Riesenkinderkreisel umher und schreit: ‹Laßt sie nur. Laßt sie nur. Ich bin rasend. Ich bin außer mir. Ich gebe sie frei. Ich will jetzt niemanden mehr heiraten, nie mehr. Es ist zu gefährlich. Sie ist die falscheste der Falschen›, ruft er aus, rauft sich die Haare und knirscht mit den Zähnen. ‹Und ich will als Junggeselle leben und sterben!›

‹Der Kleine›, sprach der Talentierte ernst, ‹hat trotz seines zarten Alters klug gesprochen. Ich habe auch Veranlassung gehabt, über die Weiblichkeit nachzudenken: Ich will mich nicht auf die stürmische See des Ehestandes hinauswagen.›

‹Was!› ruft der alte Herr aus. ‹Meine Tochter nicht heiraten? Sie wollen nicht, Mooney? Auch nicht, wenn ich sie dazu bringe? Sie wollen nicht? Sie wollen nicht?›

"'No,' says Mooney, 'I won't. And if anybody asks me any more, I'll run away, and never come back again.'

"'Mr. Grig,' says the old gentleman, 'the stars must be obeyed. You have not changed your mind because of a little girlish folly – eh, Mr. Grig?'

"Tom, gentlemen, had had his eyes about him, and was pretty sure that all this was a device and trick of the waiting-maid, to put him off his inclination. He had seen her hiding and skipping about the two doors, and had observed that a very little whispering from her pacified the Salamander directly. 'So,' thinks Tom, 'this is a plot – but it won't fit.'

"'Eh, Mr. Grig?' says the old gentleman.

"'Why, Sir,' says Tom, pointing to the crucible, 'if the soup's nearly ready –'

"'Another hour beholds the consummation of our labours,' returned the old gentleman.

"'Very good,' says Tom, with a mournful air. 'It's only for two months, but I may as well be the richest man in the world even for that time. I'm not particular, I'll take her, Sir. I'll take her.'

"The old gentleman was in a rapture to find Tom still in the same mind, and drawing the young lady towards him by little and little, was joining their hands by main force, when all of a sudden, gentlemen, the crucible blows up, with a great crash; everybody screams; the room is filled with smoke; and Tom, not knowing what may happen next, throws himself into a Fancy attitude, and says, 'Come on, if you're a man!' without addressing himself to anybody in particular.

"'The labours of fifteen years,' says the old gentleman, clasping his hands and looking down upon the Gifted, who was saving the pieces, 'are destroyed in an instant!' – And I am told, gentlemen, by-the-bye, that this same philosopher's stone would have been discovered a hundred times at least, to speak within bounds, if it wasn't for the one unfortunate circumstance that the apparatus always blows up, when it's on the very point of succeeding.

"Tom turns pale when he hears the old gentleman expressing himself to this unpleasant effect, and stammers out that if it's quite agreeable to all parties, he would like to

‹Nein›, sagt Mooney, ‹ich will nicht. Und wenn man mir noch mehr Fragen stellt, laufe ich davon und komme nie mehr wieder.›

‹Mr. Grig›, sagt darauf der alte Herr, ‹den Sternen muß man gehorchen. Sie werden doch Ihre Meinung nicht wegen einer Jungmädchentorheit geändert haben – oder, Mr. Grig?›

Tom, meine Herren, hatte seine Augen offengehalten und war sich nun sicher, daß dies alles ein von der Zofe ersonnener Trick war, um ihn von seiner Zuneigung abzubringen. Er hatte sie an den beiden Türen herumhuschen und sich verstecken gesehen und beobachtet, daß ein geflüstertes Wort von ihr genügt hatte, um den Feuerfresser augenblicklich zu beruhigen. ‹Aha›, denkt Tom, ‹das ist also ein Komplott – aber es wird nichts nützen.›

‹Oder, Mr. Grig?› fragt der alte Herr.

‹Naja, Sir›, sagt Tom und deutet auf den Tiegel, ‹wenn die Suppe bald fertig ist...›

‹Die nächste Stunde wird die Krönung unserer Mühen sehen›, entgegnet der alte Herr.

‹Na schön›, sagt Tom mit Leichenbittermiene. ‹Es ist zwar nur für zwei Monate, aber warum sollte ich nicht wenigstens so lange der reichste Mann der Welt sein. Ich bin nicht wählerisch, ich nehme sie, Sir. Ich nehme sie.›

Der alte Herr war entzückt zu hören, daß Toms Meinung sich nicht geändert hatte. Er zog die junge Dame Stück um Stück zu sich heran und wollte die Hände der beiden gerade mit äußerster Kraft zusammenfügen, als plötzlich, meine Herren, der Tiegel mit lautem Knall explodiert; alles schreit; der Raum ist voller Qualm, und Tom stellt sich für alle Fälle wirkungsvoll in Positur und ruft: ‹Komm her, wenn du ein Kerl bist!› ohne sich damit an irgendjemand Bestimmtes zu wenden.

‹Das Werk von fünfzehn Jahren›, sagt der alte Herr händeringend und schaut auf den Talentierten nieder, der die Scherben auflas, ‹in einem Augenblick vernichtet!› –

Und wie ich, nebenbei bemerkt, höre, meine Herren, wäre dieser Stein der Weisen, vorsichtig geschätzt, mindestens schon hundertmal entdeckt worden, wenn nicht jedesmal der unglückliche Fall einträte, daß die Apparatur ganz kurz vor dem Erfolg in die Luft fliegt.

Tom erbleicht, als er den alten Herr so Unerfreuliches sagen hört und stammelt, wenn es allen Anwesenden angenehm sei, würde er gerne erfahren, was sich eigentlich ereignet habe und

know exactly what has happened, and what change has really taken place in the prospects of that company.

"'We have failed for the present, Mr. Grig,' says the old gentleman, wiping his forehead. 'And I regret it the more, because I have in fact invested my niece's five thousand pounds in this glorious speculation. But don't be cast down,' he says, anxiously – 'in another fifteen years, Mr. Grig –'

"'Oh!' cries Tom, letting the young lady's hand fall. 'Were the stars very positive about this union, Sir?'

"'They were,' says the old gentleman.

"'I'm sorry to hear it,' Tom makes answer, 'for it's no go, Sir.'

"'No what!' cries the old gentleman.

"'Go, Sir,' says Tom, fiercely. 'I forbid the banns.' And with these words – which are the very words he used – he sat himself down in a chair, and, laying his head upon the table, thought with a secret grief of what was to come to pass on that day two months.

"Tom always said, gentlemen, that that waiting-maid was the artfullest minx he had ever seen; and he left it in writing in this country when he went to colonize abroad, that he was certain in his own mind she and the Salamander had blown up the philosopher's stone on purpose, and to cut him out of his property. I believe Tom was in the right, gentlemen; but whether or no, she comes forward at this point, and says, 'May I speak, Sir?' and the old gentleman answering, 'Yes, you may,' she goes on to say that 'the stars are no doubt quite right in every respect, but Tom is not the man.' And she says, 'Don't you remember, Sir, that when the clock struck five this afternoon, you gave Master Galileo a rap on the head with your telescope, and told him to get out of the way?' 'Yes, I do,' says the old gentleman. 'Then,' says the waiting-maid, 'I say he's the man, and the prophecy is fulfilled.' The old gentleman staggers at this, as if somebody had hit him a blow on the chest, and cries, 'He! why he's a boy!' Upon that, gentlemen, the Salamander cries out that he'll be twenty-one next Lady-day; and complains that his father has always been so busy with the sun round which the earth revolves, that he has never taken any notice of the son that revolves round him; and that he hasn't had a new suit of clothes since he was

welche Veränderungen in den Aussichten der Beteiligten eingetreten seien.

‹Wir haben vorläufig das Ziel verfehlt, Mr. Grig›, antwortet der alte Herr und wischt sich die Stirn. ‹Ich bedaure das umso mehr, als ich nämlich die fünftausend Pfund meiner Nichte in diese großartige Spekulation investiert habe. Aber seien Sie nicht traurig›, fügt er rasch hinzu, ‹in weiteren fünfzehn Jahren, Mr. Grig...›

‹Oh!› ruft Tom aus und läßt die Hand der jungen Dame fallen. ‹Waren die Sterne sich ganz sicher mit unserer Verbindung, Sir?›

‹Jawohl›, erwidert der alte Herr.

‹Ich bedaure, das zu hören›, gibt Tom zur Antwort, ‹denn daran ist jetzt kein Gedanke mehr, Sir.›

‹Kein was?!› ruft der alte Herr aus.

‹Gedanke, Sir›, sagt Tom finster. ‹Ich bestelle das Aufgebot ab.› Und mit diesen Worten – welches genau die Worte sind, die er gebrauchte – setzte er sich auf einen Stuhl, legte seinen Kopf auf den Tisch und dachte mit stillem Kummer an das, was am gleichen Tag in zwei Monaten eintreten sollte.

Tom hat immer gesagt, meine Herren, daß diese Zofe das tückischste Biest war, das er je gesehen hatte; und er hat es schriftlich in diesem Lande hinterlassen, bevor er in die Kolonien auswanderte, daß er in seinem tiefsten Herzen davon überzeugt war, sie und der Feuerfresser hätten den Stein der Weisen mit Absicht explodieren lassen, um ihn um sein Vermögen zu bringen. Ich glaube, Tom hatte recht damit, meine Herren; aber wie dem auch sei, an dieser Stelle tritt sie vor und fragt: ‹Darf ich etwas sagen, Sir?›, und als der alte Herr antwortet: ‹Sie dürfen›, fährt sie fort und sagt: ‹Die Sterne haben zweifellos in jeder Hinsicht recht, aber Tom ist nicht der Mann.› Und weiter sagt sie: ‹Erinnern Sie sich noch, Sir, wie Sie heute nachmittag Schlag fünf dem jungen Herrn Galileo mit dem Fernrohr eins auf den Kopf gaben und ihm sagten, er solle aus dem Wege gehen?› – ‹Ja, ich erinnere mich›, sagt der alte Herr. ‹Dann›, sagt die Zofe, ‹behaupte ich, daß er der Mann ist, und die Prophezeiung hat sich erfüllt.› Bei diesen Worten schwankt der alte Herr, als habe er einen Stoß vor die Brust erhalten, und ruft: ‹Ja, aber er ist doch noch ein Kind!› Worauf der Feuerfresser, meine Herren, ausruft, er werde nächste Mariä Verkündigung einundzwanzig, und sich beschwert, sein Vater sei mit der Sonne, um die die Erde kreist, stets so beschäftigt gewesen, daß er kaum Notiz genommen habe von dem Sohne, der um ihn kreist; und er habe keinen neuen Anzug bekommen, seit er

fourteen; and that he wasn't even taken out of nankeen frocks and trousers till he was quite unpleasant in 'em; and touches on a good many more family matters to the same purpose.

To make short of a long story, gentlemen, they all talk together, and cry together, and remind the old gentleman that as to the noble family, his own grandfather would have been lord mayor if he hadn't died at a dinner the year before; and they show him by all kinds of arguments that if the cousins are married, the prediction comes true every way. At last, the old gentleman being quite convinced, gives in; and joins their hands; and leaves his daugther to marry anybody she likes; and they are all well pleased; and the Gifted as well as any of them.

"In the middle of this little family party, gentlemen, sits Tom all the while, as miserable as you like. But, when everything else is arranged, the old gentleman's daughter says, that their strange conduct was a little device of the waiting-maid's to disgust the lovers he had chosen for 'em, and will he forgive her? and if he will, perhaps he might even find her a husband – and when she says that, she looks uncommon hard at Tom. Then the waiting-maid says that, oh dear! she couldn't abear Mr. Grig should think she wanted him to marry her; and that she had even gone so far as to refuse the last lamplighter, who was now a literary character (having set up as a bill-sticker); and that she hoped Mr. Grig would not suppose she was on her last legs by any means, for the baker was very strong in his attentions at that moment, and as to the butcher, he was frantic.

And I don't know how much more she might have said, gentlemen (for, as you know, this kind of young women are rare ones to talk), if the old gentleman hadn't cut in suddenly, and asked Tom if he'd have her, with ten pounds to recompense him for his loss of time and disappointment, and as a kind of bribe to keep the story secret.

"'It don't much matter, Sir,' says Tom, 'I ain't long for this world. Eight weeks of marriage, especially with this young woman, might reconcile me to my fate. I think,' he says, 'I could go off easy after that.' With which he embraces her

vierzehn war; und aus den Nangking-Kittelchen und -Hosen sei er auch erst herausgekommen, als er darin schon ganz unschön aussah; und kommt in diesem Sinne noch auf allerlei andere Familienangelegenheiten zu sprechen. Um's kurz zu machen, meine Herren, sie reden alle durcheinander und schreien durcheinander und erinnern hinsichtlich der edlen Familie den alten Herrn daran, daß man seinen eigenen Großvater zum Oberbürgermeister gemacht hätte, wenn er nicht im Jahr davor bei einem Abendessen gestorben wäre; und sie beweisen ihm mit allerhand Argumenten, daß die Prophezeiung in jeder Hinsicht in Erfüllung geht, wenn Vetter und Cousine einander heiraten. Schließlich ist der alte Herr ganz davon überzeugt und gibt nach; und fügt ihre Hände zusammen; und überläßt es seiner Tochter zu heiraten, wen sie will; und sie sind alle sehr zufrieden; und der Talentierte genauso wie alle anderen.

Inmitten dieser kleinen Familienfeier, meine Herren, sitzt unterdessen Tom so unglücklich, wie man sich's nur denken kann. Aber nachdem alles andere geregelt ist, erklärt die Tochter des alten Herrn, daß das befremdliche Gebaren der Mädchen eine List der Zofe war, um die Liebhaber zu verschrecken, die er für sie ausgesucht hatte, und ob er ihr verzeihen wolle? Und wenn ja, vielleicht könnte er sogar einen Ehemann für sie finden – und indem sie das sagt, schaut sie Tom ganz unverwandt an. Und darauf sagt die Zofe, daß sie es – du liebe Zeit! – nicht ertragen könnte, wenn Mr. Grig glauben sollte, sie wolle von ihm geheiratet werden; und daß sie sogar schon den vorigen Laternenanzünder abgewiesen habe, der inzwischen literarisch geworden sei (da er sich als Plakatekleber betätigte); und daß Mr. Grig doch hoffentlich nicht glaube, ihr seien womöglich alle Felle davongeschwommen, denn der Bäcker erweise ihr zur Zeit die größte Aufmerksamkeit, und der Metzger erst, der sei wie wild hinter ihr her. Und wer weiß, was sie noch alles gesagt hätte, meine Herren (denn Sie wissen ja, wie äußerst beredt diese Art Jungfern sind), wenn der alte Herr sie nicht plötzlich unterbrochen und an Tom die Frage gestellt hätte, ob er sie nehmen wolle, mit zehn Pfund als Entschädigung für Zeitverlust und erlittene Enttäuschung und als eine Art Schweigegeld, damit die Geschichte nicht publik werde.

‹Meinetwegen, Sir›, antwortet Tom, ‹ich hab' nicht mehr lange auf dieser Welt. Acht Ehewochen, besonders mit dieser jungen Dame, werden mich vielleicht mit meinem Schicksal aussöhnen. Wahrscheinlich›, setzt er hinzu, ‹kann ich danach leichter Abschied nehmen.› Worauf er sie mit betrübtem Gesicht umarmt und dabei

with a very dismal face, and groans in a way that might move a heart of stone – even of philosopher's stone.

"'Egad,' says the old gentleman, 'that reminds me – this bustle put it out of my head – there was a figure wrong. He'll live to a green old age – eighty-seven at least!'

"'How much, Sir?' cries Tom.

"'Eighty-seven!' says the old gentleman.

"Without another word, Tom flings himself on the old gentleman's neck; throws up his hat; cuts a caper; defies the waiting-maid; and refers her to the butcher.

"'You won't marry her!' says the old gentleman, angrily.

"'And live after it!' says Tom. 'I'd sooner marry a mermaid with a small-tooth comb and looking-glass.'

"'Then take the consequences,' says the other.

"With those words – I beg your kind attention here, gentlemen, for it's worth your notice – the old gentleman wetted the forefinger of his right hand in some of the liquor from the crucible that was spilt on the floor, and drew a small triangle on Tom's forehead. The room swam before his eyes, and he found himself in the watch-house."

"Found himself *where*?" cried the vice, on behalf of the company generally.

"In the watch-house," said the chairman. "It was late at night, and he found himself in the very watch-house from which he had been let out that morning."

"Did he go home?" asked the vice.

"The watch-house people rather objected to that," said the chairman; "so he stopped there that night, and went before the magistrate in the morning. 'Why, you're here again, are you?' says the magistrate, adding insult to injury; 'we'll trouble you for five shillings more, if you can conveniently spare the money.' Tom told him he had been enchanted, but it was of no use. He told the contractors the same, but they wouldn't believe him. It was very hard upon him, gentlemen, as he often said, for was it likely he'd go and invent such a tale? They shook their heads and told him he'd say anything but his prayers – as indeed he would; there's no doubt about that. It was the only imputation on his moral character that ever *I* heard of."

stöhnt, daß es einen Stein erweichen könnte – sogar den Stein der Weisen.

‹Herrje›, sagt der alte Herr, ‹da fällt mir ein – bei dem Durcheinander hab' ich's ganz vergessen – eine Zahl hat da nicht gestimmt. Er wird steinalt werden – mindestens siebenundachtzig!›

‹Wieviel, Sir?› ruft Tom.

‹Siebenundachtzig!› antwortet der alte Herr.

Ohne noch ein Wort zu sagen, fällt Tom dem alten Herrn um den Hals, wirft seinen Hut in die Luft, schlägt einen Purzelbaum, weist die Zofe ab und empfiehlt ihr den Metzger.

‹Sie wollen sie nicht heiraten?!› fragt der alte Herr böse.

‹Und dann noch weiterleben?› ruft Tom. ‹Lieber heirate ich eine Nixe mit Kamm und Spiegel.›

‹Dann ziehen Sie die Konsequenzen›, versetzt der andere.

Mit diesen Worten – und hier bitte ich um Ihre freundliche Aufmerksamkeit, meine Herren, denn das verdient Ihre Beachtung – befeuchtete der alte Herr seinen Zeigefinger mit etwas Flüssigkeit aus dem Tiegel, die verschüttet worden war, und zeichnete ein kleines Dreieck auf Toms Stirn. Der Raum verschwamm vor seinen Augen, und er fand sich auf der Wache wieder.»

«Fand sich wo?» rief der Beisitzer stellvertretend für die ganze Gesellschaft.

«Auf der Wache», antwortete der Vorsitzende. «Es war spät in der Nacht, und er fand sich in derselben Wachstube wieder, aus der er an diesem Morgen entlassen worden war.»

«Ist er nach Hause gegangen?» fragte der Beisitzer.

«Die Wachleute hatten einige Einwände», sagte der Vorsitzende. «Deshalb blieb er die Nacht über da und erschien am andern Morgen vor dem Richter. ‹Sieh mal an, da sind Sie ja schon wieder›, sagte der Richter und fügte zum Schaden noch Spott hinzu. ‹Dann wollen wir Sie jetzt um die Zahlung von weiteren fünf Schilling ersuchen, wenn Sie diesen Betrag erübrigen können.› Tom versicherte ihm, daß er verhext gewesen sei, aber es nützte nichts. Seiner Firma erzählte er dasselbe, aber sie wollten ihm nicht glauben. Das traf ihn sehr hart, meine Herren, wie er selbst oft sagte, denn war es etwa anzunehmen, daß er so eine Geschichte erfinden würde? Sie schüttelten die Köpfe und sagten ihm, er sei so einer, der viel spreche, nur nicht seine Gebete – was er tat, daran gibt's keinen Zweifel. Das war aber der einzige Zweifel an seiner Lauterkeit, von dem zumindest ich je gehört habe.»

# TO BE READ AT DUSK

One, two, three, four, five. There were five of them.

Five couriers, sitting on a bench outside the convent on the summit of the Great St. Bernard in Switzerland, looking at the remote heights, stained by the setting sun as if a mighty quantity of red wine had been broached upon the mountain top, and had not yet had time to sink into the snow.

This is not my simile. It was made for the occasion by the stoutest courier, who was a German. None of the others took any more notice of it than they took of me, sitting on another bench on the other side of the convent door, smoking my cigar, like them, and – also like them – looking at the reddened snow, and at the lonely shed hard by, where the bodies of belated travellers, dug out of it, slowly wither away, knowing no corruption in that cold region.

The wine upon the mountain top soaked in as we looked; the mountain became white; the sky, a very dark blue; the wind rose; and the air turned piercing cold. The five couriers buttoned their rough coats. There being no safer man to imitate in all such proceedings than a courier, I buttoned mine.

The mountain in the sunset had stopped the five couriers in a conversation. It is a sublime sight, likely to stop conversation. The mountain being now out of the sunset, they resumed. Not that I had heard any part of their previous discourse; for indeed, I had not then broken away from the American gentleman, in the travellers' parlour of the convent, who, sitting with his face to the fire, had undertaken to realise to me the whole progress of events which had led to the accumulation by the Honourable Ananias Dodger of one of the largest acquisitions of dollars ever made in our country.

"My God!" said the Swiss courier, speaking in French, which I do not hold (as some authors appear to do) to be such an all-sufficient excuse for a naughty word, that I have only to write it in that language to make it innocent; "if you talk of ghosts – "

"But I *don't* talk of ghosts," said the German.

# BEI DÄMMERLICHT ZU LESEN

Eins, zwei, drei, vier, fünf. Sie waren fünf.
Fünf Reiseführer, die vor dem Kloster auf der Paßhöhe des Großen Sankt Bernhard in der Schweiz auf einer Bank saßen und die fernen Berge betrachteten, denen die untergehende Sonne eine Farbe verlieh, als sei vor kurzem eine gewaltige Menge Rotwein über dem Gipfel vergossen worden und noch nicht im Schnee versickert.
Dieser Vergleich ist nicht von mir. Er wurde von dem beleibtesten der Reiseführer, einem Deutschen, zu dieser Gelegenheit angestellt. Die anderen schenkten ihm ebensowenig Beachtung wie mir. Ich saß für mich auf einer Bank auf der anderen Seite des Klostertores, rauchte gleich ihnen eine Zigarre und betrachtete, ebenfalls gleich ihnen, den geröteten Schnee und den einsamen Schuppen in der Nähe, in dem die Leichname von Wanderern lagen, die, von der Nacht überrascht, aus dem Schnee geborgen worden waren und nun hinschrumpften, da es ja in dieser kalten Region keinen Verfall gibt.
Der Wein auf dem Gipfel versickerte zusehends, der Berg wurde weiß, der Himmel ganz dunkelblau; ein Wind erhob sich, und die Luft wurde schneidend kalt. Die fünf Reiseführer knöpften ihre derben Mäntel zu, und da man in solchen Dingen stets am sichersten dem Beispiel eines Reiseführers folgt, knöpfte auch ich den meinen zu.
Beim Anblick des Alpenglühens hatten die fünf ihr Gespräch unterbrochen. Es ist ja auch ein erhabener Anblick, geeignet, um ein Gespräch zu unterbrechen. Nachdem nun der Berg nicht mehr im Licht der untergehenden Sonne lag, sprachen sie weiter. Nicht, daß ich von ihrer vorausgegangenen Unterhaltung etwas mitgehört hätte, denn zu dieser Zeit hatte ich mich ja noch nicht von jenem amerikanischen Gentleman in der Gaststube des Klosters losreißen können, der es, dem Kaminfeuer zugewandt, unternommen hatte, mir die lückenlose Abfolge jener Ereignisse zu vergegenwärtigen, die dazu geführt hatten, daß der ehrenwerte Ananias Dodger eines der größten Dollarvermögen anhäufte, die je in unserem Lande erworben wurden.
«Du lieber Gott!» rief der Schweizer Reiseführer auf Französisch, was ich (im Gegensatz zu einigen anderen Autoren) nicht immer als ausreichende Entschuldigung für ein ungehöriges Wort ansehe – als ob man es nur in dieser Sprache hinzuschreiben bräuchte, um es zu verharmlosen. «Wenn Sie von Geistern sprechen...»
«Aber ich spreche nicht von Geistern», sagte der Deutsche.

"Of what then?" asked the Swiss.

"If I knew of what then," said the German, "I should probably know a great deal more."

It was a good answer, I thought, and it made me curious. So, I moved my position to that corner of my bench which was nearest to them, and leaning my back against the convent wall, heard perfectly, without appearing to attend.

"Thunder and lightning!" said the German, warming, "when a certain man is coming to see you, unexpectedly; and, without his own knowledge, sends some invisible messenger, to put the idea of him into your head all day, what do you call that?

When you walk along a crowded street – at Frankfort, Milan, London, Paris – and think that a passing stranger is like your friend Heinrich, and then that another passing stranger is like your friend Heinrich, and so begin to have a strange foreknowledge that presently you'll meet your friend Heinrich – which you do, though you believed him at Trieste – what do you call *that*?"

"It's not uncommon, either," murmured the Swiss and the other three.

"Uncommon!" said the German. "It's as common as cherries in the Black Forest. It's as common as maccaroni at Naples. And Naples reminds me! When the old Marchesa Senzanima shrieks at a card-party on the Chiaja – as I heard and saw her, for it happened in a Bavarian family of mine, and I was overlooking the service that evening – I say, when the old Marchesa starts up at the card-table, white through her rouge, and cries, 'My sister in Spain is dead! I felt her cold touch on my back!' – and when that sister *is* dead at the moment – what do you call that?"

"Or when the blood of San Gennaro liquefies at the request of the clergy – as all the world knows that it does regularly once a year, in my native city," said the Neapolitan courier after a pause, with a comical look, "what do you call that?"

"*That!*" cried the German. "Well, I think I know a name for that."

"Miracle?" said the Neapolitan, with the same sly face.

«Wovon denn sonst?» fragte der Schweizer.

«Wenn ich wüßte, wovon», erwiderte der Deutsche, «dann wäre ich wohl um einiges klüger.»

Mir schien dies eine gute Antwort, und sie machte mich neugierig. Daher verlegte ich meinen Sitzplatz an jenes Ende der Bank, das ihnen am nächsten war, lehnte mich mit dem Rücken an die Klostermauer und konnte nun gut zuhören, ohne daß man sah, daß ich lauschte.

«Zum Donnerwetter!» rief der Deutsche, sich ereifernd. «Wenn ein gewisser Mann auf dem Weg ist, Sie überraschend zu besuchen und, ohne daß er es selbst weiß, einen unsichtbaren Boten vorausschickt, der Ihnen den ganzen Tag lang sein Bild eingibt – wie soll man sowas nennen? Wenn Sie eine belebte Straße entlanggehen – in Frankfurt, Mailand, London oder Paris –, und sich einbilden, ein vorübergehender Fremder habe Ähnlichkeit mit Ihrem Freund Heinrich, und noch ein vorübergehender Fremder habe Ähnlichkeit mit Ihrem Freund Heinrich, so daß Sie allmählich auf unerklärliche Weise ahnen, daß Sie in Kürze Ihrem Freund Heinrich begegnen werden – was dann auch geschieht, obwohl Sie ihn in Triest vermuteten – wie soll man sowas nennen?»

«Dergleichen kommt ja durchaus nicht selten vor», murmelten der Schweizer und die drei anderen.

«Selten!» rief der Deutsche. «Das kommt so häufig vor wie Kirschen im Schwarzwald. So häufig wie Makkaroni in Neapel. Bei Neapel fällt mir ein: Wenn die alte Marchesa Senzanima bei einer Kartengesellschaft an der Chiaja aufschreit – ich habe sie gesehen und gehört, denn dies ereignete sich bei einer meiner bayrischen Herrschaften, und ich überwachte an jenem Abend die Bedienung – wenn also die alte Marchesa am Spieltisch aufführt, bleich unter ihrem Rouge, und ausruft: ‹Meine Schwester in Spanien ist tot! Ich habe ihre kalte Berührung auf dem Rücken verspürt!› – und wenn diese Schwester dann tatsächlich tot ist – wie soll man sowas nennen?»

«Oder wenn das Blut des Heiligen Gennaro durch die Fürbitte der Priester zu fließen beginnt – was in meiner Heimatstadt regelmäßig einmal im Jahr geschieht, wie jeder weiß», sagte nach einer Pause der neapolitanische Reiseführer mit pfiffiger Miene, «wie soll man sowas nennen?»

«*Das?*» rief der Deutsche aus. «Na, ich glaube, dafür weiß ich ein Wort.»

«Wunder?» fragte der Neapolitaner mit demselben verschmitzten Gesicht.

The German merely smoked and laughed; and they all smoked and laughed.

"Bah!" said the German, presently. "I speak of things that really do happen. When I want to see the conjurer, I pay to see a professed one, and have my money's worth. Very strange things do happen without ghosts. Ghosts! Giovanni Baptista, tell your story of the English bride. There's no ghost in that, but something full as strange. Will any man tell me what?"

As there was a silence among them, I glanced around. He whom I took to be Baptista was lighting a fresh cigar. He presently went on to speak. He was a Genoese, as I judged.

"The story of the English bride?" said he. "Basta! one ought not to call so slight a thing a story. Well, it's all one. But it's true. Observe me well, gentlemen, it's true. That which glitters is not always gold; but what I am going to tell, is true."

He repeated this more than once.

Ten years ago, I took my credentials to an English gentleman at Long's Hotel, in Bond Street, London, who was about to travel – it might be for one year, it might be for two. He approved of them; likewise of me. He was pleased to make inquiry. The testimony that he received was favourable. He engaged me by the six months, and my entertainment was generous.

He was young, handsome, very happy. He was enamoured of a fair young English lady, with a sufficient fortune, and they were going to be married. It was the wedding-trip, in short, that we were going to take. For three months' rest in the hot weather (it was early summer then) he had hired an old place on the Riviera, at an easy distance from my city, Genoa, on the road to Nice. Did I know that place? Yes; I told him I knew it well.

It was an old palace with great gardens. It was a little bare, and it was a little dark and gloomy, being close surrounded by trees; but it was spacious, ancient, grand, and on the seashore. He said it had been so described to him exactly and he was well pleased that I knew it. For its being a little bare of furniture, all such places were. For its

Der Deutsche zog nur an seiner Zigarre und lachte. Und sie alle zogen an ihren Zigarren und lachten.

«Pah!» sagte der Deutsche gleich darauf. «Ich rede von Dingen, die wirklich geschehen. Wenn ich Zaubertricks sehen will, dann gehe ich zu einem, der damit sein Geld verdient; da komme ich auf meine Kosten. Aber es geschehen höchst sonderbare Dinge auch ohne Geister. Geister! Giovanni Baptista, erzählen Sie uns Ihre Geschichte von der englischen Braut. Darin kommen keine Geister vor, aber dafür etwas, das genauso sonderbar ist. Will jemand mir sagen, was es ist?»

Da sie alle schwiegen, blickte ich zur Seite. Der, den ich für Baptista hielt, steckte sich gerade eine neue Zigarre an. Kurz darauf fing er zu sprechen an. Er schien mir ein Genueser zu sein.

«Die Geschichte von der englischen Braut?» sagte er. «Basta! Sowas Geringfügiges sollte man gar nicht als Geschichte bezeichnen. Nun, gleichviel. Jedenfalls ist sie wahr. Wohlgemerkt, meine Herren, sie ist wahr. Es ist nicht alles Gold, was glänzt, aber was ich Ihnen erzählen werde, ist wahr.»

Er wiederholte das noch mehr als einmal.

Es ist zehn Jahre her, da ging ich mit meinen Zeugnissen in Long's Hotel in der Londoner Bond Street zu einem englischen Gentleman, der im Begriff war, auf Reisen zu gehen, vielleicht für ein, vielleicht auch für zwei Jahre. Er war mit meinen Referenzen zufrieden und mit mir ebenfalls. Auf seine Erkundigungen, die er gütigerweise über mich einholte, erhielt er günstige Auskünfte. Daraufhin stellte er mich für zunächst sechs Monate ein, und mein Lohn war großzügig.

Er war jung, stattlich, sehr glücklich. Er war in eine reizende junge Engländerin verliebt, die hinreichend vermögend war, und die beiden beabsichtigten zu heiraten. Unsere bevorstehende Reise war, kurz gesagt, die Hochzeitsreise der beiden. Für die dreimonatige Reiseunterbrechung während der heißen Zeit (es war damals gerade Frühsommer) hatte er eine alte Villa an der Riviera gemietet, nur eine kurze Strecke von meiner Heimatstadt Genua entfernt an der Straße nach Nizza. Ob mir dieses Haus bekannt sei? Ja; ich sagte ihm, es sei mir wohlbekannt. Es sei ein alter Palast mit großen Gärten. Die Räume seien spärlich möbliert und ein wenig düster, da sie von Bäumen dicht umstanden seien, aber der Bau sei geräumig, ehrwürdig, vornehm und nahe beim Strand. Er sagte, genau so sei er ihm beschrieben worden, und er freue sich sehr, daß ich ihn kenne. Was die dürftige Ausstattung mit Möbeln betreffe – das sei immer so in

being a little gloomy, he had hired it principally for the gardens, and he and my mistress would pass the summer weather in their shade.

"So all goes well, Baptista?" said he.

"Indubitably, signore; very well."

We had a travelling chariot for our journey, newly built for us, and in all respects complete. All we had was complete; we wanted for nothing. The marriage took place. They were happy. *I* was happy, seeing all so bright, being so well situated, going to my own city, teaching my language in the rumble to the maid, la bella Carolina, whose heart was gay with laughter: who was young and rosy.

The time flew. But I observed – listen to this, I pray! (and here the courier dropped his voice) – I observed my mistress sometimes brooding in a manner very strange; in a frightened manner; in an unhappy manner; with a cloudy, uncertain alarm upon her. I think that I began to notice this when I was walking up hills by the carriage side, and master had gone on in front. At any rate, I remember that it impressed itself upon my mind one evening in the South of France, when she called to me to call master back; and when he came back, and walked for a long way, talking encouragingly and affectionately to her, with his hand upon the open window, and hers in it. Now and then, he laughed in a merry way, as if he were bantering her out of something. By-and-by, she laughed, and then all went well again.

It was curious. I asked la bella Carolina, the pretty little one, Was mistress unwell? – No. – Out of spirits? – No. – Fearful of bad roads, or brigands? – No. And what made it more mysterious was, the pretty little one would not look at me in giving answer, but *would* look at the view.

But, one day she told me the secret.

"If you must know," said Carolina, "I find, from what I have overheard, that mistress is haunted."

"How haunted?"

"By a dream."

"What dream?"

"By a dream of a face. For three nights before her marriage, she saw a face in a dream – always the same face, and only One."

solchen Häusern. Was die Düsterkeit angehe, so habe er es ja vor allem wegen der Gärten gemietet, und er und die gnädige Frau wollten sich während des sommerlichen Wetters in ihrem Schatten aufhalten.

«Dann ist also alles in Ordnung, Baptista?» fragte er.

«Zweifellos, Signore. In bester Ordnung.»

Wir fuhren in einer Reisekutsche, die eigens für uns gebaut worden und in jeder Hinsicht ausgezeichnet war. Alles, was wir hatten, war ausgezeichnet; es fehlte uns an nichts. Die Hochzeit fand statt. Sie waren glücklich. Auch ich war glücklich, da ich alle strahlen sah, mich in so guter Stellung befand, in meine Heimat reiste und beim Holpern der Kutsche meine Sprache der Zofe beibrachte, la bella Carolina, deren fröhliches Herz voller Lachen steckte, die jung war und rosig.

Die Zeit verging im Fluge. Aber ich beobachtete – und nun hört bitte genau zu (hier senkte der Reiseführer seine Stimme) – ich beobachtete, wie die gnädige Frau gelegentlich auf seltsame Weise vor sich hinstarrte; angstvoll, unglücklich, von unbestimmter Furcht überschattet. Ich glaube, ich begann das zu bemerken, während ich neben der Kutsche bergauf ging und mein Herr vorausritt. Jedenfalls weiß ich noch, daß es mir eines Abends in Südfrankreich klar zum Bewußtsein kam, als sie mir zurief, ich solle meinen Herrn zurückrufen; und als er dann zurückkam und eine lange Strecke zu Fuß ging, aufmunternd und liebevoll auf sie einredete und durchs Fenster ihre Hand hielt. Mitunter lachte er fröhlich, als ob er sie mit Scherzen umstimmen wolle. Nach einer Weile kehrte ihr Lachen zurück, und dann war alles wieder gut.

Es war sonderbar. Ich fragte la bella Carolina, die hübsche Kleine, ob die gnädige Frau unpäßlich sei. – Nein. – Niedergeschlagen? – Nein. – Ängstlich wegen schlechter Straßen oder Banditen? – Nein. Und alles wurde noch rätselhafter dadurch, daß die hübsche Kleine mich bei ihren Antworten nicht ansah, sondern beharrlich die Gegend betrachtete.

Aber eines Tages verriet sie mir das Geheimnis.

«Wenn du es unbedingt wissen willst», sagte Carolina. «Ich glaube nach dem, was ich gehört habe, daß unsere gnädige Frau sich verfolgt fühlt.»

«Wie denn verfolgt?»

«Von einem Traum.»

«Was für einem Traum?»

«Von einem Gesicht. Vor ihrer Hochzeit sah sie dreimal hintereinander im Traum ein Gesicht – jedesmal dasselbe, und nur eins.»

"A terrible face?"

"No. The face of a dark, remarkable-looking man, in black, with black hair and a grey moustache – a handsome man except for a reserved and secret air.

Not a face she ever saw, or at all like a face she ever saw. Doing nothing in the dream but looking at her fixedly, out of darkness."

"Does the dream come back?"

"Never. The recollection of it is all her trouble."

"And why does it trouble her?"

Carolina shook her head.

"That's master's question," said la bella. "She don't know. She wonders why, herself. But I heard her tell him, only last night, that if she was to find a picture of that face in our Italian house (which she is afraid she will) she did not know how she could ever bear it."

Upon my word, I was fearful after this (said the Genoese courier) of our coming to the old palazzo, lest some such ill-starred picture should happen to be there. I knew there were many there; and, as we got nearer and nearer to the place, I wished the whole gallery in the crater of Vesuvius. To mend the matter, it was a stormy dismal evening when we, at last, approached that part of the Riviera. It thundered; and the thunder of my city and its environs, rolling among the high hills, is very loud. The lizards ran in and out of the chinks in the broken stone wall of the garden, as if they were frightened; the frogs bubbled and croaked their loudest; the sea-wind moaned, and the wet trees dripped; and the lightning – body of San Lorenzo, how it lightened!

We all know what an old palace in or near Genoa is – how time and the sea air have blotted it – how the drapery painted on the outer walls has peeled off in great flakes of plaster – how the lower windows are darkened with rusty bars of iron – how the courtyard is overgrown with grass – how the outer buildings are dilapidated – how the whole pile seems devoted to ruin. Our palazzo was one of the true kind. It had been shut up close for months. Months? – years! – it had an earthy smell, like a tomb. The scent of the orange trees on the broad back terrace, and of the lemons ripening on the wall, and of some shrubs that grew around a broken fountain, had got into

«Ein schreckliches Gesicht?»

«Nein, das Gesicht eines dunklen, gut aussehenden Mannes in Schwarz, mit schwarzem Haar und grauem Schnurrbart – eines hübschen Mannes, bis auf seine verschlossene und geheimnisvolle Miene. Kein Gesicht, das ihr schon einmal begegnet wäre oder einem gliche, das ihr schon einmal begegnet ist. Es tat im Traum nichts weiter, als sie unverwandt aus dem Dunkeln anzusehen.»

«Hat sie den Traum immer noch?»

«Seither nicht mehr. Nur die Erinnerung daran bedrückt sie.»

«Und warum?»

Carolina schüttelte den Kopf.

«Das fragt unser gnädiger Herr auch», sagte la bella. «Sie weiß nicht. Sie kann es sich selbst nicht erklären. Aber erst letzte Nacht hörte ich, wie sie ihm sagte, wenn sie ein Bild mit diesem Gesicht in unserem italienischen Haus finden sollte (und sie befürchtet, daß das geschieht), dann wisse sie nicht, wie sie das ertragen solle.»

Ihr könnt mir glauben (sagte der Genueser Reiseführer), daß ich von da an fürchtete, bei unserer Ankunft könnte sich so ein unseliges Bild in dem alten Palazzo finden. Ich wußte, daß es dort viele Bilder gab, und während wir dem Haus immer näher kamen, wünschte ich die ganze Galerie in den Krater des Vesuv. Zu allem Unglück war es auch noch ein stürmischer, finsterer Abend, als wir schließlich diesen Teil der Riviera erreichten. Es donnerte, und in meiner Heimatstadt und ihrer Umgebung sind die Donnerschläge, da sie von den hohen Bergen widerhallen, besonders laut. Die Eidechsen huschten aus den Spalten der geborstenen Gartenmauer hervor und verschwanden wieder, als hätten sie Angst; die Frösche glucksten und quakten lärmend; der Seewind heulte; und die Bäume troffen vor Nässe; und dann die Blitze – bei den Gebeinen des Heiligen Lorenz, wie es blitzte!

Wir alle wissen ja, wie ein alter Palast in oder bei Genua aussieht: wie Alter und Seeluft ihn fleckig gemacht haben; wie die Fassadenmalerei mit dem Putz in großen Flächen abgeblättert ist; wie die unteren Fenster von rostigen Eisengittern verdunkelt werden; wie der Hof von Gras überwuchert ist; wie heruntergekommen die Außengebäude sind; wie der ganze Bau dem Verfall preisgegeben scheint. Unser Palazzo war von genau dieser Sorte. Seit Monaten war er verschlossen gewesen. Seit Monaten? Seit Jahren! Er roch dumpf wie ein Grab. Irgendwie war der Duft der Orangenbäume auf der großen rückwärtigen Terrasse, der Zitronen, die an der Außenwand reiften, und einiger Büsche, die um einen zerborstenen Brunnen wuchsen, ins Haus

the house somehow, and had never been able to get out again. There was, in every room, an aged smell, grown faint with confinement. It pined in all the cupboards and drawers. In the little rooms of communication between great rooms, it was stifling. If you turned a picture – to come back to the pictures – there it still was, clinging to the wall behind the frame, like a sort of bat.

The lattice-blinds were close shut, all over the house. There were two ugly, grey old women in the house, to take care of it; one of them with a spindle, who stood winding and mumbling in the doorway, and who would as soon have let in the devil as the air. Master, mistress, la bella Carolina, and I, went all through the palazzo. I went first, though I have named myself last, opening the windows and the lattice-blinds, and shaking down on myself splashes of rain, and scraps of mortar, and now and then a dozing mosquito, or a monstrous, fat, blotchy, Genoese spider.

When I had let the evening light into a room, master, mistress, and la bella Carolina, entered. Then, we looked round at all the pictures, and I went forward again into another room. Mistress secretly had great fear of meeting with the likeness of that face – we all had; but there was no such thing.

The Madonna and Bambino, San Francisco, San Sebastiano, Venus, Santa Caterina, Angels, Brigands, Friars, Temples at Sunset, Battles, White Horses, Forests, Apostles, Doges, all my old acquaintances many times repeated? – yes. Dark, handsome man in black, reserved and secret, with black hair and grey moustache, looking fixedly at mistress out of darkness? – no.

At last we got through all the rooms and all the pictures, and came out into the gardens. They were pretty well kept, being rented by a gardener, and were large and shady. In one place there was a rustic theatre, open to the sky; the stage a green slope; the coulisses, three entrances upon a side, sweet-smelling leafy screens. Mistress moved her bright eyes, even there, as if she looked to see the face come in upon the scene; but all was well.

"Now, Clara," master said, in a low voice, "you see that it is nothing? You are happy."

gedrungen, aber nie wieder hinausgelangt. In jedem der Räume hing ein welker Geruch, schwach geworden durch lange Abgeschlossenheit. Er lag wehmütig in allen Schränken und Schubladen. In den kleinen Verbindungszimmern zwischen den großen Räumen war er schier erstickend. Drehte man ein Bild um – womit wir wieder bei den Bildern wären –, dann war er auch da und hing an der Wand hinter dem Rahmen wie eine Art Fledermaus.

Die Fensterläden waren überall im Haus fest verschlossen. Zwei häßliche, graue alte Frauen lebten dort, um das Haus zu hüten. Eine von ihnen hatte eine Spindel, und sie stand windend und murmelnd in der Eingangstür und hätte eher den Teufel hereingelassen als frische Luft. Der gnädige Herr, die gnädige Frau, la bella Carolina und ich gingen gemeinsam durch den Palazzo. Ich ging voraus, obwohl ich mich zuletzt genannt habe, um die Fenster und Läden zu öffnen, und dabei rieselten Regenspritzer, Mörtelbrocken und gelegentlich eine verschlafene Stechmücke oder eine abscheulich dicke, gefleckte Genueser Spinne auf mich herab.

Wenn ich das Abendlicht in einen Raum gelassen hatte, traten die gnädigen Herrschaften und la bella Carolina ein. Dann sahen wir uns ringsum alle Bilder an, und darauf ging ich wieder voran in einen anderen Raum. Die gnädige Frau hatte insgeheim große Angst davor, dem Ebenbild dieses Gesichts zu begegnen – wir alle hatten Angst davor. Aber nirgends war dergleichen zu sehen. Die Madonna mit Bambino, San Francisco, San Sebastiano, Venus, Santa Caterina, Engel, Räuber, Mönche, Tempel im Abendlicht, Schlachten, Schimmel, Wälder, Apostel, Dogen – alle meine alten Bekannten in mehrfacher Ausführung: sie ja. Ein dunkler, stattlicher Mann in Schwarz, verschlossen und geheimnisvoll, mit schwarzem Haar und grauem Schnurrbart, der die gnädige Frau aus dem Dunkeln unverwandt ansieht: er nicht.

Schließlich waren wir mit allen Räumen und Bildern fertig und kamen hinaus in die Gärten. Sie waren recht gepflegt, da ein Gärtner sie gepachtet hatte, und sie waren groß und schattig. An einer Stelle befand sich ein Heckentheater, das nach oben offen war. Die Bühne war ein grüner Hang; die Kulissen mit drei Eingängen auf jeder Seite waren süß duftende Laubwände. Selbst dort sah die gnädige Frau mit ihren hellen Augen umher, als erwarte sie, das Gesicht auf die Szene kommen zu sehen. Aber es geschah nichts.

«Nun, Clara», sagte der gnädige Herr leise, «siehst du, daß es nichts ist? Jetzt bist du doch glücklich.»

Mistress was much encouraged. She soon accustomed herself to that grim palazzo, and would sing, and play the harp, and copy the old pictures, and stroll with master under the green trees and vines all day. She was beautiful. He was happy. He would laugh and say to me, mounting his horse for his morning ride before the heat:

"All goes well, Baptista!"

"Yes, signore, thank God, very well."

We kept no company. I took la bella to the Duomo and Annunciata, to the Café, to the Opera, to the village Festa, to the Public Garden, to the Day Theatre, to the Marionetti. The pretty little one was charmed with all she saw. She learnt Italian – heavens! miraculously! Was mistress quite forgetful of that dream? I asked Carolina sometimes. Nearly, said la bella – almost. It was wearing out.

One day master received a letter, and called me.

"Baptista!"

"Signore!"

"A gentleman who is presented to me will dine here today. He is called the Signor Dellombra. Let me dine like a prince."

It was an odd name. I did not know that name. But there had been many noblemen and gentlemen pursued by Austria on political suspicions, lately, and some names had changed. Perhaps this was one. Altro! Dellombra was as good a name to me as another.

When the Signor Dellombra came to dinner (said the Genoese courier in the low voice, into which he had subsided once before), I showed him into the reception-room, the great sala of the old palazzo. Master received him with cordiality, and presented him to mistress. As she rose, her face changed, she gave a cry, and fell upon the marble floor.

Then, I turned my head to the Signor Dellombra, and saw that he was dressed in black, and had a reserved and secret air, and was a dark, remarkable-looking man, with black hair and a grey moustache.

Master raised mistress in his arms, and carried her to her own room, where I sent la bella Carolina straight. La bella told me afterwards that mistress was nearly terrified to death, and that she wandered in her mind about her dream, all night.

Master was vexed and anxious – almost angry, and yet full

Die gnädige Frau faßte wieder Mut. Bald hatte sie sich in dem finstern Palazzo eingelebt und sang Lieder und spielte auf der Harfe und kopierte die alten Gemälde und spazierte den ganzen Tag mit dem gnädigen Herrn unter den Bäumen und Lauben. Sie war schön. Er war glücklich. Oft lachte er und sagte zu mir, wenn er sein Pferd zum morgendlichen Ausritt vor der Tageshitze bestieg:

«Es steht alles gut, Baptista!»

«Ja, Signore, Gott sei Dank, sehr gut.»

Wir suchten keine Gesellschaft. Ich begleitete la bella zum Duomo, zur Annunziata, ins Café, in die Oper, zum Dorffest, in den Park, ins Tagestheater, zu den Marionetti. Die hübsche Kleine war entzückt von allem, was sie sah. Sie lernte Italienisch – beim Himmel, wundervoll! Ob die gnädige Frau den Traum völlig vergessen habe, fragte ich Carolina manchmal. Fast, sagte la bella, beinahe. Es sei schon viel besser geworden.

Eines Tages erhielt der gnädige Herr Post und rief mich zu sich.

«Baptista!»

«Signore!»

«Ein Herr, den man mir empfohlen hat, wird heute hier speisen. Er heißt Signor Dellombra. Ich möchte wie ein Fürst speisen.»

Es war ein merkwürdiger Name. Ich kannte diesen Namen nicht. Aber in letzter Zeit waren viele Adlige und Herren von den Österreichern aus politischen Gründen verfolgt worden, und manche Namen hatten sich geändert. Vielleicht war das einer davon. Altro! Dellombra war für mich genauso ein guter Name wie jeder andere.

Als Signor Dellombra zum Abendessen kam (sagte der Genueser Reiseführer, wiederum mit leiser Stimme wie schon einmal zuvor), führte ich ihn in den großen Empfangssaal, die große sala des alten Palazzo. Der gnädige Herr begrüßte ihn herzlich und stellte ihn der gnädigen Frau vor. Als sie sich erhob, erbleichte sie, schrie auf und stürzte auf den Marmorboden nieder.

Daraufhin wandte ich mich Signor Dellombra zu und sah, daß er schwarze Kleidung trug, verschlossene, geheimnisvolle Gesichtszüge hatte und ein dunkler, gut aussehender Mann mit schwarzem Haar und grauem Schnurrbart war.

Der gnädige Herr nahm seine Gemahlin auf die Arme und trug sie in ihr Zimmer, wohin ich sogleich auch la bella Carolina schickte. Später erzählte mir la bella, daß die gnädige Frau sich fast zu Tode gefürchtet und die ganze Nacht von ihrem Traum fantasiert habe.

Der gnädige Herr war tief beunruhigt und erregt, fast zornig,

of solicitude. The Signor Dellombra was a courtly gentleman, and spoke with great respect and sympathy of mistress's being so ill. The African wind had been blowing for some days (they had told him at his hotel of the Maltese Cross), and he knew that it was often hurtful. He hoped the beautiful lady would recover soon. He begged permission to retire, and to renew his visit when he should have the happiness of hearing that she was better. Master would not allow of this, and they dined alone.

He withdrew early. Next day he called at the gate, on horseback, to inquire for mistress. He did so two or three times in that week.

What I observed myself, and what la bella Carolina told me, united to explain to me that master had now set his mind on curing mistress of her fanciful terror. He was all kindness, but he was sensible and firm. He reasoned with her, that to encourage such fancies was to invite melancholy, if not madness. That it rested with herself to be herself. That if she once resisted her strange weakness, so successfully as to receive the Signor Dellombra as an English lady would receive any other guest, it was for ever conquered. To make an end, the signore came again, and mistress received him without marked distress (though with constraint and apprehension still), and the evening passed serenely. Master was so delighted with this change, and so anxious to confirm it, that the Signor Dellombra became a constant guest. He was accomplished in pictures, books, and music; and his society, in any grim palazzo, would have been welcome.

I used to notice, many times, that mistress was not quite recovered. She would cast down her eyes and droop her head, before the Signor Dellombra, or would look at him with a terrified and fascinated glance, as if his presence had some evil influence or power upon her. Turning from her to him, I used to see him in the shaded gardens, or the large half-lighted sala, looking, as I might say, "fixedly upon her out of darknes." But, truly, I had not forgotten la bella Carolina's words describing the face in the dream.

After his second visit I heard master say:

"Now, see, my dear Clara, it's over! Dellombra has come and gone, and your apprehension is broken like glass."

aber zugleich voller Fürsorge. Signor Dellombra war ein Mann von tadellosem Auftreten, und er sprach mit Respekt und Anteilnahme von der Erkrankung der gnädigen Frau. Der afrikanische Wind wehe schon seit einigen Tagen (habe man ihm im Hospiz der Malteser gesagt), und er wisse, daß dieser oft ungesund sei. Er hoffe, die schöne Dame werde sich bald erholen. Er bat um Erlaubnis, sich verabschieden zu dürfen und erneut vorzusprechen, wenn ihm das Glück zuteil werden sollte zu erfahren, daß es ihr wieder besser gehe. Der gnädige Herr wollte das auf keinen Fall zulassen, und so speisten sie alleine.

Er verabschiedete sich früh. Am nächsten Tag hielt er zu Pferd am Gartentor und erkundigte sich nach der gnädigen Frau. Er kam während dieser Woche noch zwei- oder dreimal.

Meine eigenen Beobachtungen, und was la bella Carolina mir erzählte, machten mir klar, daß der gnädige Herr fest entschlossen war, seine Frau von ihrer eingebildeten Furcht zu heilen. Er war voll Rücksicht, aber zugleich überlegt und fest. Er erklärte ihr, daß Schwermut, sogar Wahnsinn drohten, wenn man sich solchen Einbildungen hingebe. Daß es bei ihr liege, sie selbst zu sein. Daß sie nur einmal ihrer seltsamen Schwäche erfolgreich widerstehen und Signor Dellombra so empfangen müsse, wie eine englische Dame einen Gast empfängt, um sie für alle Zeiten überwunden zu haben. Kurzum, der Signore kam wieder, und die gnädige Frau empfing ihn ohne Anzeichen von Qual (obgleich immer noch mit Anspannung und Bangen), und der Abend verging in gelöster Stimmung. Der gnädige Herr war so erfreut über diesen Wandel und so begierig, ihm Dauer zu geben, daß Signor Dellombra ein ständiger Gast wurde. Er war ein hervorragender Kenner von Bildern, Büchern und Musik, und seine Gesellschaft wäre in jedem düsteren Palazzo willkommen gewesen.

Ich bemerkte damals immer wieder, daß die gnädige Frau sich doch nicht völlig gefaßt hatte. In Gegenwart von Signor Dellombra schlug sie die Augen nieder und senkte den Kopf, oder sie sah ihn mit angstvollen Augen wie gebannt an, so als übe seine Anwesenheit bösen Einfluß oder Macht auf sie aus. Um von ihr auf ihn zu kommen: Ich sah ihn oft im Schatten der Gärten oder im Halbdunkel der großen sala, wie er sie sozusagen «unverwandt aus dem Dunkeln ansah.» Aber freilich hatte ich die Worte nicht vergessen, mit denen la bella Carolina das Gesicht aus dem Traum beschrieben hatte.

Nach dem zweiten Besuch hörte ich den gnädigen Herrn sagen: «Siehst du, liebe Clara, es ist vorüber! Dellombra ist gekommen und gegangen, und deine Ahnungen sind zersprungen wie Glas.»

"Will he – will he ever come again?" asked mistress.

"Again? Why, surely, over and over again! Are you cold?" (she shivered).

"No, dear – but – he terrifies me: are you sure that he need come again?"

"The surer for the question, Clara!" replied master, cheerfully.

But he was very hopeful of her complete recovery now, and grew more and more so every day. She was beautiful. He was happy.

"All goes well, Baptista?" he would say to me again.

"Yes, signore, thank God; very well."

We were all (said the Genoese courier, constraining himself to speak a little louder) we were all at Rome for the Carnival. I had been out, all day, with a Sicilian, a friend of mine, and a courier, who was there with an English family. As I returned at night to our hotel, I met the little Carolina, who never stirred from home alone, running distractedly along the the Corso.

"Carolina! What's the matter?"

"O Baptista! O, for the Lord's sake! where is my mistress?"

"Mistress, Carolina?"

"Gone since morning – told me, when master went out on his day's journey, not to call her, for she was tired with not resting in the night (having been in pain); and would lie in bed until the evening; then get up refreshed. She is gone! – she is gone! Master has come back, broken down the door, and she is gone! My beautiful, my good, my innocent mistress!"

The pretty little one so cried, and raved, and tore herself that I could not have held her, but for her swooning on my arm as if she had been shot. Master came up – in manner, face, or voice, no more the master that I knew, than I was he. He took me (I laid the little one upon her bed in the hotel, and left her with the chamber-women), in a carriage, furiously through the darkness, across the desolate Campagna. When it was day, and we stopped at a miserable post-house, all the horses had been hired twelve hours ago, and sent away in different directions. Mark me! by the Signor Dellombra, who

«Wird er ... wird er je wiederkommen?» fragte die gnädige Frau.

«Wiederkommen? Aber gewiß, wieder und wieder! Frierst du?» (da sie erschauerte).

«Nein, Liebster ... aber ... er ängstigt mich: Bist du sicher, daß er wiederkommen muß?»

«Umso sicherer, da du das fragst, Clara!» erwiderte der gnädige Herr wohlgelaunt.

Aber er war jetzt sehr zuversichtlich, daß sie sich völlig erholen würde, und seine Zuversicht wuchs täglich. Sie war hübsch. Er war glücklich.

«Ist alles in Ordnung, Baptista?» fragte er mich jetzt wieder.

«Ja, Signore. Gott sei Dank. In bester Ordnung.»

Wir waren alle (sagte der Genueser Reiseführer und zwang sich, ein wenig lauter zu sprechen), wir waren alle in Rom zum Karneval. Ich war den ganzen Tag mit einem Sizilianer ausgewesen, einem Freund, ebenfalls Reiseführer, der mit einer englischen Familie dort war. Als ich am Abend zu unserem Hotel zurückging, kam die kleine Carolina, die sonst nie alleine von zuhause fortging, mir wie von Sinnen auf dem Corso entgegengerannt.

«Carolina! Was ist denn los?»

«Oh Baptista! Oh, um Gottes Willen! Wo ist die gnädige Frau?!»

«Gnädige Frau, Carolina?»

«Seit heute früh verschwunden ... sagte mir, als der gnädige Herr für den Tag ausfuhr, ich solle sie nicht stören, denn sie habe des nachts nicht geschlafen (da sie Schmerzen hatte) und sei müde und wolle bis zum Abend im Bett bleiben; wollte dann erfrischt aufstehen. Sie ist fort! Sie ist fort! der gnädige Herr kam eben zurück, brach die Tür auf, und sie ist fort! Meine schöne, meine gute, meine unschuldige gnädige Frau!»

Die hübsche Kleine schrie und tobte und raufte ihre Haare dermaßen, daß ich sie nicht hätte halten können, wäre sie mir nicht ohnmächtig in den Arm gesunken. Der gnädige Herr kam daher, er glich in Haltung, Angesicht und Stimme so wenig dem Herrn, den ich kannte, wie ich ihm glich. Er fuhr mit mir (die Kleine legte ich im Hotel auf ihr Bett und ließ sie in der Obhut der Zimmermädchen) in einer Kutsche wild in der Dunkelheit durch die einsame Campagna. Als es Tag war und wir bei einer ärmlichen Poststation anhielten, waren alle Pferde zwölf Stunden zuvor gemietet und in verschiedene Richtungen davongeschickt worden. Und zwar – von Signor Dellom-

had passed there in a carriage, with a frightened English lady crouching in one corner.

I never heard (said the Genoese courier, drawing a long breath) that she was ever traced beyond that spot. All I know is, that she vanished into infamous oblivion, with the dreaded face beside her that she had seen in her dream.

"What do you call *that*?" said the German courier, triumphantly. "Ghosts! There are no ghosts *there*! What do you call this, that I am going to tell you? Ghosts! There are no ghosts *here*!"

*I* took an engagement once (pursued the German courier) with an English gentleman, elderly and a bachelor, to travel through my country, my Fatherland. He was a merchant who traded with my country and knew the language, but who had never been there since he was a boy – as I judge, some sixty years before.

His name was James, and he had a twin-brother John, also a bachelor. Between these brothers there was a great affection. They were in business together, at Goodman's Fields, but they did not live together. Mr. James dwelt in Poland Street, turning out of Oxford Street, London; Mr. John resided by Epping Forest.

Mr. James and I were to start for Germany in about a week. The exact day depended on business. Mr. John came to Poland Street (where I was staying in the house), to pass that week with Mr. James. But he said to his brother on the second day, "I don't feel very well, James. There's not much the matter with me; but I think I am a little gouty. I'll go home and put myself under the care of my old housekeeper, who understands my ways. If I get quite better, I'll come back and see you before you go. If I don't feel well enough to resume my visit where I leave it off, why *you* will come and see *me* before you go." Mr. James, of course, said he would, and they shook hands – both hands, as they always did – and Mr. John ordered out his old-fashioned chariot and rumbled home.

It was on the second night after that – that is to say, the fourth in the week – when I was awoke out of my sound sleep

bra, der dort mit einer Kutsche vorbeigekommen war, in der eine Engländerin saß und sich ängstlich in eine Ecke kauerte.

Ich habe nicht gehört (sagte der Genueser Reiseführer und holte tief Luft), daß man ihre Spur je über diesen Punkt hinaus verfolgen konnte. Ich weiß nur, daß sie einfach in Vergessenheit entschwand an der Seite des gefürchteten Gesichts, das sie im Traum gesehen hatte.

«Was sagt Ihr dazu?» rief der deutsche Reiseführer triumphierend. «Geister! Also *da* gab es keine Geister! Und was sagt ihr zu dem, was ich Euch jetzt erzählen werde? Geister! *Da* gibt es auch keine Geister!»

*Ich* übernahm einmal den Auftrag (fuhr der deutsche Reiseführer fort), mit einem englischen Gentleman, schon älter und Junggeselle, durch meine Heimat, mein Vaterland zu reisen. Er war Kaufmann, der mit meiner Heimat Handel trieb und die Sprache beherrschte, aber seit seiner Kindheit nicht mehr dort gewesen war – also schätzungsweise seit sechzig Jahren.

Sein Name war James, und er hatte einen Zwillingsbruder John, ebenfalls ein Junggeselle. Zwischen diesen Brüdern bestand eine tiefe Zuneigung. Sie hatten gemeinsam ein Geschäft in Goodman's Fields, aber sie lebten nicht zusammen. Mr. James wohnte in Poland Street, einer Seitenstraße der Oxford Street in London; Mr. John wohnte in der Nähe von Epping Forest.

Mr. James und ich sollten in etwa einer Woche nach Deutschland abreisen. Der genaue Tag hing von den Geschäften ab. Mr. John kam in die Poland Street (wo ich währenddessen wohnte), um diese Woche bei Mr. James zu verbringen. Aber am zweiten Tag sagte er zu seinem Bruder: «Ich fühle mich nicht ganz wohl, James. Es ist nichts Ernstes, aber ich glaube, ich bin etwas gichtig. Ich werde nachhause zurückkehren und mich in die Pflege meiner alten Haushälterin begeben, die sich mit mir auskennt. Wenn ich wieder ganz gesund bin, werde ich zurückkommen und dich besuchen, ehe du abreist. Falls ich mich nicht wohl genug fühle, um meinen Besuch dort fortzusetzen, wo ich ihn abbreche, nun, dann wirst du eben kommen und mich besuchen, ehe du abreist.» Mr. James sagte ihm das natürlich zu, und sie schüttelten einander die Hand – beide Hände, wie sie es immer taten –, und Mr. John rief seine Kutsche herbei und rollte nachhause.

Es war in der zweiten Nacht danach, also der vierten jener Woche, als ich aus meinem tiefen Schlaf von Mr. James geweckt wurde,

by Mr. James coming into my bedroom in his flannel-gown, with a lighted candle. He sat upon the side of my bed, and looking at me, said:

"Wilhelm, I have reason to think I have got some strange illness upon me."

I then perceived that there was a very unusual expression in his face.

"Wilhelm," said he, "I am not afraid or ashamed to tell you what I might be afraid or ashamed to tell another man. You come from a sensible country, where mysterious things are inquired into and are not settled to have been weighed and measured – or to have been unweighable and unmeasurable – or in either case to have been completely disposed of, for all time – ever so many years ago. I have just now seen the phantom of my brother."

I confess (said the German courier) that it gave me a little tingling of the blood to hear it.

"I have just now seen," Mr. James repeated, looking full at me, that I might see how collected he was, "the phantom of my brother John. I was sitting up in bed, unable to sleep, when it came into my room, in a white dress, and regarding me earnestly, passed up to the end of the room, glanced at some papers on my writing-desk, turned, and, still looking earnestly at me as it passed the bed, went out at the door. Now, I am not in the least mad, and am not in the least disposed to invest that phantom with any external existence out of myself. I think it is a warning to me that I am ill; and I think I had better be bled."

I got out of bed directly (said the German courier) and began to get on my clothes, begging him not to be alarmed, and telling him that I would go myself to the doctor. I was just ready, when we heard a loud knocking and ringing at the street door. My room being an attic at the back, and Mr. James's being the second-floor room in the front, we went down to his room, and put up the window, to see what was the matter.

"Is that Mr. James?" said a man below, falling back to the opposite side of the way to look up.

"It is," said Mr. James, "and you are my brother's man, Robert."

der im Flanellrock und mit einer brennenden Kerze mein Schlafzimmer betrat. Er setzte sich auf den Bettrand, blickte mich an und sagte:

«Wilhelm, ich habe Grund anzunehmen, daß ich eine seltsame Krankheit in mir habe.»

Ich bemerkte nun, daß ein völlig ungewohnter Ausdruck auf seinem Gesicht lag.

«Wilhelm», sagte er, «ich fürchte oder schäme mich nicht, dir etwas zu sagen, was ich einem anderen Manne zu sagen mich fürchten oder schämen würde. Du kommst aus einem vernünftigen Land, wo man rätselhaften Dingen nachgeht und es nicht dabei bewenden läßt zu sagen, daß man das alles schon vor langer Zeit gemessen und gewogen habe, oder für unwägbar und unmeßbar befunden habe, und in jedem Fall ein für allemal damit fertig sei. Ich habe soeben den Geist meines Bruders gesehen.»

Ich gestehe (sagte der deutsche Reiseführer), daß mich ein leichter Schauer überlief, als ich das hörte.

«Ich habe soeben», wiederholte Mr. James und sah mir gerade ins Gesicht, damit ich sehen konnte, wie gefaßt er war, «den Geist meines Bruders John gesehen. Ich saß in meinem Bett, weil ich nicht schlafen konnte, als er in einem weißen Gewand hereinkam, mich ernst ansah, quer durchs Zimmer ging, einen Blick auf einige Papiere auf meinem Schreibtisch warf, sich umdrehte und mich, als er am Bett vorbeikam, wiederum ernst ansah, bevor er zur Tür hinausging. Nun, ich bin keineswegs verrückt und ich bin keineswegs geneigt, dieser Erscheinung irgendeine von mir unabhängige Existenz zuzuschreiben. Ich glaube, das ist eine Warnung, daß ich krank bin, und ich glaube, ich sollte zur Ader gelassen werden.»

Ich stand sofort auf (sagte der deutsche Reiseführer) und begann, mich anzukleiden, wobei ich ihn bat, sich nicht zu beunruhigen, und ihm sagte, ich selbst würde den Arzt holen. Kaum war ich fertig, als wir lautes Klopfen und Klingeln an der Haustür vernahmen. Da mein Zimmer eine nach hinten gelegene Dachkammer war, während Mr. James sein Zimmer im zweiten Stock zur Straßenseite hin hatte, gingen wir zu ihm hinunter und öffneten das Fenster, um zu sehen, was es gebe.

«Ist dort Mr. James?» fragte unten ein Mann, indem er rückwärts zur anderen Straßenseite ging, um nach oben sehen zu können.

«Ja», antwortete Mr. James, «und Sie sind doch Robert, der Bedienstete meines Bruders?»

"Yes, Sir. I am sorry to say, Sir, that Mr. John is ill. He is very bad, Sir. It is even feared that he may be lying at the point of death. He wants to see you, Sir. I have a chaise here. Pray come to him. Pray lose no time."

Mr. James and I looked at one another. "Wilhelm," said he, "this is strange. I wish you to come with me!" I helped him to dress, partly there and partly in the chaise; and no grass grew under the horses' iron shoes between Poland Street and the Forest.

Now, mind! (said the German courier) I went with Mr. James into his brother's room, and I saw and heard myself what follows.

His brother lay upon his bed, at the upper end of a long bed-chamber. His old housekeeper was there, and others were there: I think three others were there, if not four, and they had been with him since early in the afternoon. He was in white, like the figure – necessarily so, because he had his night-dress on. He looked like the figure – necessarily so, because he looked earnestly at his brother when he saw him come into the room.

But, when his brother reached the bed-side, he slowly raised himself in bed, and looking full upon him, said these words:

"JAMES, YOU HAVE SEEN ME BEFORE, TO-NIGHT – AND YOU KNOW IT!"

And so died!

I waited, when the German courier ceased, to hear something said of this strange story. The silence was unbroken. I looked round, and the five couriers were gone: so noiselessly that the ghostly mountain might have absorbed them into its eternal snows. By this time, I was by no means in a mood to sit alone in that awful scene, with the chill air coming solemnly upon me – or, if I may tell the truth, to sit alone anywhere. So I went back into the convent-parlour, and, finding the American gentleman still disposed to relate the biography of the Honourable Ananias Dodger, heard it all out.

«Ja, Sir. Ich muß Ihnen leider mitteilen, Sir, daß Mr. John krank ist. Es geht ihm sehr schlecht, Sir. Es ist sogar zu befürchten, daß er auf den Tod darniederliegt. Er möchte Sie sehen, Sir. Ich bin mit einer Kutsche hier. Bitte kommen Sie. Bitte verlieren Sie keine Zeit.»

Mr. James und ich sahen einander an. «Wilhelm», sagte er, «das ist doch sonderbar. Ich möchte, daß Sie mit mir kommen!» Ich half ihm beim Ankleiden, teils dort, teils noch in der Kutsche, und zwischen Poland Street und Epping Forest kamen die Pferdehufe nicht mehr zum Stehen.

Und nun gebt acht! (sagte der deutsche Reiseführer). Ich begleitete Mr. James in das Zimmer seines Bruders, und ich sah und hörte das folgende selbst mit an.

Sein Bruder lag auf dem Bett am anderen Ende des langgestreckten Schlafzimmers. Seine alte Haushälterin und mehrere andere Personen waren anwesend. Ich glaube, es waren drei, wenn nicht vier, und alle waren seit dem frühen Nachmittag bei ihm gewesen. Er war ganz in Weiß wie jene Gestalt – selbstverständlich, denn er trug ja sein Nachtgewand. Er sah aus wie jene Gestalt – selbstverständlich, denn er blickte seinen Bruder ernst an, als er ihn ins Zimmer treten sah.

Aber als sein Bruder an das Bett herangetreten war, erhob er sich langsam in den Kissen, sah ihm ins Gesicht und sprach diese Worte:

«JAMES, DU HAST MICH HEUTE NACHT SCHON EINMAL GESEHEN, UND DAS WEISST DU.»

Und starb darauf.

Ich wartete, als der deutsche Reiseführer geendet hatte, um zu hören, was man zu dieser merkwürdigen Geschichte sagen würde. Alles blieb still. Da sah ich mich um, und die Fünf waren verschwunden; so lautlos, als hätte der gespenstische Berg sie in seinen ewigen Schnee geholt. Mir war jetzt ganz und gar nicht länger danach zumute, alleine an diesem unheimlichen Ort sitzen zu bleiben, wo mich die Kälte beklemmend überkam – oder, um die Wahrheit zu sagen, überhaupt irgendwo alleine sitzen zu bleiben. Deshalb ging ich zurück in die Gaststube des Klosters, und da ich den Herrn aus Amerika noch immer willens fand, die Lebensgeschichte des ehrenwerten Ananias Dodger zu erzählen, hörte ich sie mir zu Ende an.

# HUNTED DOWN

## Chapter I

Most of us see some romances in life. In my capacity as Chief Manager of a Life Assurance Office, I think I have within the last thirty years seen more romances than the generality of men, however unpromising the opportunity may, at first sight, seem.

As I have retired, and live at my ease, I possess the means that I used to want, of considering what I have seen, at leisure. My experiences have a more remarkable aspect, so reviewed, than they had when they were in progress.

I have come home from the Play now, and can recall the scenes of the Drama upon which the curtain has fallen, free from the glare, bewilderment, and bustle of the Theatre.

Let me recall one of these Romances of the real world.

There is nothing truer than physiognomy, taken in connexion with manner. The art of reading that book of which Eternal Wisdom obliges every human creature to present his or her own page with the individual character written on it, is a difficult one, perhaps, and is little studied. It may require some natural aptitude, and it must require (for everything does) some patience and some pains. That these are not usually given to it, – that numbers of people accept a few stock commonplace expressions of the face as the whole list of characteristics, and neither seek nor know the refinements that are truest, – that You, for instance, give a great deal of time and attention to the reading of music, Greek, Latin, French, Italian, Hebrew, if you please, and do not qualify yourself to read the face of the master or mistress looking over your shoulder teaching it to you, – I assume to be five hundred times more probable than improbable. Perhaps a little self-sufficiency may be at the bottom of this; facial expression requires no study from you, you think; it comes by nature to you to know enough about it, and you are not to be taken in.

I confess, for my part, that I *have* been taken in, over and

# ZUR STRECKE GEBRACHT

Kapitel I

Den meisten von uns begegnen im Laufe ihres Lebens einige seltsame Geschichten. In meiner Eigenschaft als Direktor einer Lebensversicherungsgesellschaft habe ich während der letzten dreißig Jahre wohl mehr davon erlebt als die meisten Menschen, obwohl die Gelegenheiten auf den ersten Blick gar nicht vielversprechend erscheinen.

Da ich mich im Ruhestand befinde und sorgenfrei lebe, besitze ich nunmehr die Voraussetzungen, die mir früher fehlten, um mit Muße über alles nachzudenken, was ich gesehen habe. In der Rückschau erscheint mir das, was ich erlebt habe, bemerkenswerter als zu der Zeit, da es sich ereignete. Ich bin jetzt wie von einem Schauspiel nach Hause zurückgekehrt und kann mir, dem grellen Licht, dem Durcheinander und dem Trubel des Theaters entrückt, die Szenen des Dramas, über das sich der Vorhang gesenkt hat, in Erinnerung rufen.

Lassen Sie mich eine solche seltsame Geschichte aus dem wirklichen Leben ins Gedächtnis rufen.

Nichts ist untrüglicher als ein Gesicht, betrachtet man es im Zusammenhang mit dem Verhalten eines Menschen. Die Kunst, in diesem Buch zu lesen, zu dem jedes menschliche Geschöpf auf Beschluß der Ewigen Weisheit eine Seite mit seinen charakteristischen Zügen beizutragen hat, ist vielleicht eine schwierige Kunst, die wenig geübt wird. Mag sein, daß sie eine natürliche Begabung erfordert, und gewiß erfordert sie – wie alles – einige Geduld und Mühe. Daß diese im allgemeinen nicht darauf verwendet werden; daß zahlreiche Menschen ein paar alltägliche und nichtssagende Ausdrucksweisen des Gesichts für den vollständigen Katalog persönlicher Merkmale halten und jene Feinheiten, die am aufschlußreichsten sind, weder suchen noch kennen; daß zum Beispiel Sie selbst, wenn Sie gestatten, dem Lesen von Noten, Griechisch, Latein, Französisch, Italienisch, Hebräisch viel Zeit und Aufmerksamkeit widmen, aber nicht die Fähigkeit erwerben, im Gesicht Ihres Lehrers oder Ihrer Lehrerin zu lesen, die Ihnen bei diesem Unterricht über die Schulter sehen – das halte ich für fünfhundertmal wahrscheinlicher als das Gegenteil. Dahinter steckt vielleicht ein wenig Dünkelhaftigkeit; Sie glauben, Mimik brauchten Sie nicht zu studieren; Sie wüßten von Natur aus genug darüber und könnten sich nicht täuschen.

Ich für meinen Teil gestehe jedoch, daß ich mich immer wieder

over again. I have been taken in by acquaintances, and I have been taken in (of course) by friends; far oftener by friends than by any other class of persons. How came I to be so deceived? Had I quite misread their faces?

No. Believe me, my first impression of those people, founded on face and manner alone, was invariably true. My mistake was in suffering them to come nearer to me and explain themselves away.

Chapter II

The partition which separated my own office from our general outer office in the City was of thick plate-glass. I could see through it what passed in the outer office, without hearing a word. I had it put up in place of a wall that had been there for years, – ever since the house was built. It is no matter whether I did or did not make the change in order that I might derive my first impression of strangers, who came to us on business, from their faces alone, without being influenced by anything they said. Enough to mention that I turned my glass partition to that account, and that a Life-Assurance Office is at all times exposed, to be practised upon by the most crafty and cruel of the human race.

It was through my glass partition that I first saw the gentleman whose story I am going to tell.

He had come in without my observing it, and had put his hat and umbrella on the broad counter, and was bending over it to take some papers from one of the clerks. He was about forty or so, dark, exceedingly well dressed in black, – being in mourning, – and the hand he extended with a polite air, had a particularly well-fitting black kid glove upon it. His hair, which was elaborately brushed and oiled, was parted straight up the middle; and he presented this parting to the clerk, exactly (to my thinking) as if he had said, in so many words: "You must take me, if you please, my friend, just as I show myself. Come straight up here, follow the gravel path, keep off the grass, I allow no trespassing."

I conceived a very great aversion to that man the moment I thus saw him.

getäuscht habe. Ich habe mich in Bekannten getäuscht, und ich habe mich (natürlich) in Freunden getäuscht; in Freunden viel öfter als in jeder anderen Sorte von Menschen. Wie kam es, daß ich mich so irren konnte? Hatte ich ihre Gesichter völlig falsch gelesen?

Nein. Glauben Sie mir, mein erster Eindruck von diesen Leuten, gegründet allein auf Gesicht und Verhalten, war stets zuverlässig. Mein Fehler bestand darin zu dulden, daß sie sich mir näherten und mit vielen Worten diesen Eindruck verwischten.

Kapitel II

Die Scheibe, die mein Privatbüro von unseren allgemeinen Geschäftsräumen in der City trennte, war aus dickem Spiegelglas. Ich konnte dadurch sehen, was draußen in den Geschäftsräumen geschah, ohne ein Wort zu hören. Ich hatte diese Scheibe anstelle einer Wand einsetzen lassen, die seit Jahren dagewesen war – seit Erbauung des Hauses. Es ist unerheblich, ob ich die Veränderung bereits in der Absicht vornehmen ließ, meinen ersten Eindruck von Fremden, die geschäftlich zu uns kamen, allein aus ihren Gesichtern gewinnen zu können und unbeeinflußt von dem, was sie sagten. Es genügt, wenn ich sage, daß mir die Scheibe zu diesem Zweck diente und daß eine Lebensversicherungsgesellschaft zu allen Zeiten in Gefahr ist, von den Gerissensten und Rücksichtslosesten der menschlichen Rasse betrogen zu werden.

Durch diese Glaswand sah ich zum ersten Mal jenen Herrn, dessen Geschichte ich jetzt erzählen will.

Er war hereingekommen, ohne daß ich es bemerkte, hatte Hut und Schirm auf dem breiten Tresen abgelegt und beugte sich hinüber, um von einem der Angestellten einige Papiere entgegenzunehmen. Er war um die vierzig, dunkelhaarig, außerordentlich elegant in Schwarz gekleidet, da er Trauer trug, und an der Hand, die er in höflicher Gebärde ausstreckte, trug er einen ausgezeichnet sitzenden Glacéhandschuh. Sein Haar, das sehr sorgfältig gebürstet und geölt war, hatte er genau in der Mitte gescheitelt; und er neigte diesen Scheitel dem Angestellten zu, gerade so, wie mir schien, als wollte er sagen: «Sie müssen mich bitte so nehmen, mein Freund, wie ich mich darstelle. Kommen Sie gerade hier herauf, folgen Sie dem Kiesweg, Betreten des Rasens verboten, Abweichen nicht gestattet.»

In dem Augenblick, da ich ihn so sah, faßte ich eine tiefe Abneigung gegen diesen Mann.

He had asked for some of our printed forms, and the clerk was giving them to him and explaining them. An obliged and agreeable smile was on his face, and his eyes met those of the clerk with a sprightly look.

(I have known a vast quantity of nonsense talked about bad men not looking you in the face. Don't trust that conventional idea. Dishonesty will stare honesty out of countenance, any day in the week, if there is anything to be got by it.)

I saw, in the corner of his eyelash, that he became aware of my looking at him. Immediately he turned the parting in his hair toward the glass partition, as if he said to me with a sweet smile, "Straight up here, if you please. Off the grass!"

In a few moments he had put on his hat and taken up his umbrella, and was gone.

I beckoned the clerk into my room, and asked, "Who was that?"

He had the gentleman's card in his hand. "Mr. Julius Slinkton, Middle Temple."

"A barrister, Mr. Adams?"

"I think not, Sir."

"I should have thought him a clergyman, but for his having no Reverend here," said I.

"Probably, from his appearance," Mr. Adams replied, "he is reading for orders."

I should mention that he wore a dainty white cravat, and dainty linen altogether.

"What did he want, Mr. Adams?"

"Merely a form of proposal, Sir, and form of reference."

"Recommended here? Did he say?"

"Yes, he said he was recommended here by a friend of yours. He noticed you, but said that as he had not the pleasure of your personal acquaintance he would not trouble you."

"Did he know my name?"

"O yes, Sir! He said, 'There *is* Mr. Sampson, I see!'"

"A well-spoken gentleman, apparently?"

"Remarkably so, Sir."

"Insinuating manners, apparently?"

"Very much so, indeed, Sir."

"Hah!" said I. "I want nothing at present, Mr. Adams."

Er hatte um einige unserer Formulare gebeten, und der Angestellte reichte sie ihm und gab einige Erläuterungen. Ein verbindliches, liebenswürdiges Lächeln lag auf seinem Gesicht, und seine Augen begegneten denen des Angestellten mit einem munteren Blick. (Mir ist schon allerhand Unsinniges darüber erzählt worden, daß böse Menschen einem nie ins Gesicht sähen. Schenken Sie dieser herkömmlichen Vorstellung keinen Glauben. Sofern es dadurch etwas zu gewinnen gibt, wird die Unehrlichkeit der Ehrlichkeit allemal so lange ins Gesicht starren, bis diese verwirrt den Blick senkt.)

Ich sah an seinen Augenwinkeln, daß er es merkte, wie ich ihn beobachtete. Gleich darauf wandte er seinen Scheitel der Glaswand zu, wie wenn er mit einem süßen Lächeln zu mir sagte: «Geradewegs hier herauf, bitte sehr. Nicht auf den Rasen!»

Nach ein paar Augenblicken hatte er den Hut aufgesetzt, den Schirm ergriffen und war gegangen.

Ich winkte den Angestellten in mein Zimmer und fragte ihn: «Wer war das?»

Er hielt die Karte des Herrn in der Hand. «Mr. Julius Slinkton, Middle Temple.»

«Ein Anwalt, Mr. Adams?»

«Ich glaube nicht, Sir.»

«Ich hätte ihn für einen Pfarrer gehalten, nur steht hier nicht ‹Pfarrer›», sagte ich.

«Nach seinem Äußeren zu schließen», erwiderte Mr. Adams, «studiert er wahrscheinlich Theologie.»

Ich muß erwähnen, daß er ein sehr feines weißes Halstuch und überhaupt sehr feines Leinen trug.

«Was wollte er, Mr. Adams?»

«Nur ein Antragsformular, Sir, und ein Bürgschaftsformular.»

«Hierher empfohlen? Hat er etwas gesagt?»

«Ja, er sagte, ein Freund von Ihnen habe ihn hierher empfohlen. Er bemerkte Sie, sagte aber, da er nicht die Ehre Ihrer Bekanntschaft habe, wolle er Sie nicht stören.»

«Kannte er meinen Namen?»

«Oh ja, Sir! Er sagte: ‹Da ist ja auch Mr. Sampson, wie ich sehe!›»

«Ein redegewandter Herr, wie es scheint?»

«Auffallend gewandt, Sir.»

«Hat ein einnehmendes Wesen, wie es scheint?»

«In der Tat sehr einnehmend, Sir.»

«Aha!» sagte ich. «Das wäre im Augenblick alles, Mr. Adams.»

Within a fortnight of that day I went to dine with a friend of mine, a merchant, a man of taste, who buys pictures and books, and the first man I saw among the company was Mr. Julius Slinkton. There he was, standing before the fire, with good large eyes and an open expression of face; but still (I thought) requiring everybody to come at him by the prepared way he offered, and by no other.

I noticed him ask my friend to introduce him to Mr. Sampson, and my friend did so. Mr. Slinkton was very happy to see me. Not too happy; there was no over-doing of the matter; happy in a thoroughly well-bred, perfectly unmeaning way.

"I thought you had met," our host observed.

"No," said Mr. Slinkton. "I did look in at Mr. Sampson's office, on your recommendation; but I really did not feel justified in troubling Mr. Sampson himself, on a point in the everyday routine of an ordinary clerk."

I said I should have been glad to show him any attention on our friend's introduction.

"I am sure of that," said he, "and am much obliged. At another time, perhaps, I may be less delicate. Only, however, if I have real business; for I know, Mr. Sampson, how precious business time is, and what a vast number of impertinent people there are in the world."

I acknowledged his consideration with a slight bow. "You were thinking," said I, "of effecting a policy on your life."

"O dear no! I am afraid I am not so prudent as you pay me the compliment of supposing me to be, Mr. Sampson. I merely inquired for a friend. But you know what friends are in such matters. Nothing may ever come of it. I have the greatest reluctance to trouble men of business with inquiries for friends, knowing the probabilities to be a thousand to one that the friends will never follow them up. People are so fickle, so selfish, so inconsiderate. Don't you, in your business, find them so every day, Mr. Sampson?"

I was going to give a qualified answer; but he turned his smooth, white parting on me with its "Straight up here, if you please!" and I answered "Yes."

"I hear, Mr. Sampson," he resumed presently, for our

Keine zwei Wochen danach war ich bei einem Freund zum Essen eingeladen, einem Geschäftsmann, einem Mann von Geschmack, der Bilder kaufte und Bücher; und der erste Mensch, den ich in der Gesellschaft erblickte, war Mr. Julius Slinkton. Da stand er vor dem Fenster mit großen Augen und einem offenen Gesichtsausdruck; aber noch immer (dachte ich) ersuchte er jedermann, sich ihm auf dem von ihm bereiteten Weg zu nähern und keinem anderen.

Ich bemerkte, wie er meinen Freund bat, ihn bei Mr. Sampson einzuführen, was mein Freund auch tat. Mr. Slinkton war sehr erfreut, mich kennenzulernen. Nicht zu erfreut – er übertrieb es nicht; erfreut auf eine höchst wohlerzogene Weise ohne Hintersinn.

«Ich dachte, Sie kennen sich», sagte unser Gastgeber.

«Nein», erwiderte Mr. Slinkton. «Ich sprach zwar auf Ihre Empfehlung hin bei Mr. Sampsons Gesellschaft vor, fühlte mich aber nicht berechtigt, Mr. Sampson persönlich zu belästigen in einer Angelegenheit, die doch zur Alltagsroutine eines Angestellten gehört.»

Ich sagte, ich hätte ihm bei Hinweis auf unseren Freund gern jegliche Aufmerksamkeit zuteil werden lassen.

«Davon bin ich überzeugt», entgegnete er, «und ich danke Ihnen dafür. Ein andermal bin ich vielleicht weniger zurückhaltend. Jedoch nur, wenn ich wirklich ein Anliegen habe, denn ich weiß, Mr. Sampson, wie kostbar Zeit im Geschäftsleben ist und wieviele zudringliche Menschen es auf der Welt gibt.»

Ich dankte ihm für seine Rücksicht mit einer leichten Verbeugung.

«Sie haben daran gedacht», bemerkte ich, «eine Lebensversicherung abzuschließen?»

«Aber nein! Leider bin ich nicht so umsichtig, wie Sie mir zu sein schmeicheln, Mr. Sampson. Ich habe mich nur für einen Freund erkundigt. Aber Sie wissen ja, wie Freunde bei dergleichen sind. Vielleicht wird nie etwas daraus. Ich zögere immer, Geschäftsleute mit Erkundigungen für Freunde zu belästigen, da ich weiß, es steht tausend zu eins, daß die Freunde den Anfragen folgen werden. Die Menschen sind ja so wankelmütig, so selbstsüchtig, so unbedacht. Erleben Sie das in Ihrem Geschäft nicht täglich, Mr. Sampson?»

Ich wollte darauf einschränkend antworten, aber er neigte mir seinen geraden weißen Scheitel entgegen mit seinem «Bitte schön, nur gerade hier herauf!» und ich antwortete «Ja».

«Wie ich höre, Mr. Sampson», fuhr er gleich darauf fort, denn

friend had a new cook, and dinner was not so punctual as usual, "that your profession has recently suffered a great loss."

"In money?" said I.

He laughed at my ready association of loss with money, and replied, "No, in talent and vigour."

Not at once following out his allusion, I considered for a moment. "*Has* it sustained a loss of that kind?" said I. "I was not aware of it."

"Understand me, Mr. Sampson. I don't imagine that you have retired. It is not so bad as that. But Mr. Meltham –"

"O, to be sure!" said I. "Yes! Mr. Meltham, the young actuary of the 'Inestimable.'"

"Just so," he returned in a consoling way.

"He is a great loss. He was at once the most profound, the most original, and the most energetic man I have ever known connected with Life Assurance."

I spoke strongly; for I had a high esteem and admiration for Meltham; and my gentleman had indefinitely conveyed to me some suspicion that he wanted to sneer at him. He recalled me to my guard by presenting that trim pathway up his head, with its infernal "Not on the grass, if you please – the gravel."

"You knew him, Mr. Slinkton."

"Only by reputation. To have known him as an acquaintance or as a friend, is an honour I should have sought if he had remained in society, though I might never have had the good fortune to attain it, being a man of far inferior mark. He was scarcely above thirty, I suppose?"

"About thirty."

"Ah!" he sighed in his former consoling way. "What creatures we are! To break up, Mr. Sampson, and become incapable of business at that time of life! – Any reason assigned for the melancholy fact?"

("Humph!" thought I, as I looked at him. "But I won't go up the track, and I will go on the grass.")

"What reason have you heard assigned, Mr. Slinkton?" I asked, point-blank.

"Most likely a false one. You know what Rumour is, Mr. Sampson. I never repeat what I hear; it is the only way of

unser Freund hatte eine neue Köchin, und das Abendessen kam nicht so pünktlich wie sonst, «hat Ihre Branche kürzlich einen großen Verlust erlitten.»

«An Geld?» fragte ich.

Er lachte über meine prompte Gleichsetzung von Verlust mit Geld und erwiderte: «Nein, an Talent und Tatkraft.»

Da ich seine Anspielung nicht gleich verstand, überlegte ich einen Augenblick. «Hat sie denn wirklich einen solchen Verlust erlitten?» fragte ich. «Das wußte ich gar nicht.»

«Verstehen Sie recht, Mr. Sampson. Ich meine nicht, Sie seien zurückgetreten. So schlimm ist es nicht. Aber Mr. Meltham...»

«Ach ja, richtig!» sagte ich. «Ja! Mr. Meltham, der junge Registrator der ‹Superbia›.»

«Ganz recht», versetzte er beileidsvoll.

«Das ist wirklich ein großer Verlust. Er war zugleich der klügste, einfallsreichste und energischste Mann, den ich je im Lebensversicherungsgeschäft gekannt habe.»

Ich sprach mit Nachdruck, denn ich schätzte und achtete Meltham sehr; und irgendwie hatte mein feiner Herr in mir den Verdacht erweckt, als wolle er ihn herabsetzen. Es machte mich wieder vorsichtig, wie er diesen akkuraten Weg auf seinem Kopf präsentierte mit diesem verteufelten «Ja nicht auf den Rasen, wenn's beliebt – auf dem Kiesweg bleiben».

«Kannten Sie ihn, Mr. Slinkton?»

«Nur dem guten Ruf nach. Ihn zum Freund oder Bekannten zu haben, wäre eine Ehre gewesen, nach der ich gestrebt hätte, wenn er noch in der Gesellschaft verkehrte; obschon mir wohl nie das Glück widerfahren wäre, diese Ehre zu erlangen, da ich ja von weit geringerer Bedeutung bin. Er war wohl kaum über dreißig?»

«Um die dreißig.»

«Ach», seufzte er beileidsvoll wie zuvor, «was für Geschöpfe sind wir doch! In solchem Alter zusammenzubrechen und zu keiner Arbeit mehr fähig zu sein! – Hat man eine Erklärung für die traurige Tatsache?»

(«Hm!» dachte ich, als ich ihn ansah. «Ich *will* aber dem Weg nicht folgen! Ich *will* auf den Rasen gehen!»)

«Was für eine Erklärung haben Sie denn gehört, Mr. Slinkton?» fragte ich ganz ungeniert.

«Höchstwahrscheinlich eine unzutreffende. Wie Gerüchte eben sind, Mr. Sampson. Ich gebe nie weiter, was ich gehört habe; nur so

paring the nails and shaving the head of Rumour. But when *you* ask me what reason I have heard assigned for Mr. Meltham's passing away from among men, it is another thing. I am not gratifying idle gossip then. I was told, Mr. Sampson, that Mr. Meltham had relinquished all his avocations and all his prospects, because he was, in fact, broken-hearted. A disappointed attachment I heard, – though it hardly seems probable, in the case of a man so distinguished and so attractive."

"Attractions and distinctions are no armour against death," said I.

"O, she died? Pray pardon me. I did not hear that. That, indeed, makes it very, very sad. Poor Mr. Meltham! She died? Ah, dear me! Lamentable, lamentable!"

I still thought his pity was not quite genuine, and I still suspected an unaccountable sneer under all this, until he said, as we were parted, like the other knots of talkers, by the announcement of dinner:

"Mr. Sampson, you are surprised to see me so moved on behalf of a man whom I have never known. I am not so disinterested as you may suppose. I have suffered, and recently too, from death myself.

I have lost one of two charming nieces, who were my constant companions. She died young – barely three-and-twenty; and even her remaining sister is far from strong. The world is a grave!"

He said this with deep feeling, and I felt reproached for the coldness of my manner. Coldness and distrust had been engendered in me, I knew, by my bad experiences; they were not natural to me; and I often thought how much I had lost in life, losing trustfulness, and how little I had gained, gaining hard caution.

This state of mind being habitual to me, I troubled myself more about this conversation than I might have troubled myself about a greater matter. I listened to his talk at dinner, and observed how readily other men responded to it, and with what a graceful instinct he adapted his subjects to the knowledge and habits of those he talked with. As, in talking with me, he had easily started the subject I might be supposed to understand best, and to be the most interested in,

kann man Gerüchten die Nägel stutzen und den Kopf scheren. Allerdings, wenn *Sie* mich fragen, welche Erklärung ich für Mr. Melthams Rückzug aus der Gesellschaft gehört habe, so ist das etwas anderes. Damit leiste ich ja nicht eitler Klatschsucht Vorschub. Man sagte mir, Mr. Sampson, daß Mr. Meltham alle Tätigkeiten und Pläne deshalb aufgegeben habe, weil sein Herz gebrochen sei. Eine unglückliche Liebe, wie ich hörte – wenngleich das unwahrscheinlich klingt bei einem so ausgezeichneten und so gut aussehenden Mann.»

«Gutes Aussehen und Auszeichnungen sind kein Schutz gegen den Tod», sagte ich.

«Ach, sie ist gestorben? Bitte verzeihen Sie, das habe ich nicht gehört. Das macht es allerdings sehr, sehr traurig. Armer Mr. Meltham! Gestorben ist sie? Ach Gott! Bedauernswert, bedauernswert!»

Trotzdem kam es mir so vor, als sei sein Mitleid nicht ganz echt, und trotzdem glaubte ich – obwohl ich es mir nicht erklären konnte – hinter all dem etwas Hämisches zu entdecken, bis wir gleich den übrigen Gesprächsgruppen durch die Ankündigung des Abendessens getrennt wurden.

Da sagte er zu mir: «Mr. Sampson, Sie sind erstaunt, mich wegen eines Mannes, den ich nie gekannt habe, so gerührt zu sehen. Ich stehe dem nicht so fern, wie Sie vielleicht meinen. Ich selbst bin, und zwar auch erst kürzlich, von einem Todesfall schmerzlich getroffen worden. Ich habe die eine von zwei reizenden Nichten verloren, die meine ständigen Gefährtinnen waren. Sie starb jung – kaum dreiundzwanzig; und auch ihre hinterbliebene Schwester ist alles andere als kräftig. Die Welt ist ein Grab!»

Er sagte das mit großer Gemütsbewegung, und ich fühlte mich getadelt wegen meiner Kaltherzigkeit. Kälte und Mißtrauen, das wußte ich, waren durch meine schlechten Erfahrungen in mir erweckt worden; sie lagen nicht in meiner Natur, und ich dachte oft, wie viel ich verloren hatte, als ich das Zutrauen zu den Menschen verlor, und wie wenig ich gewonnen hatte, als ich mir strenge Vorsicht zu eigen machte. Da es meine Gewohnheit war, mir solche Gedanken zu machen, beunruhigte mich dieses Gespräch mehr, als mich vielleicht etwas Wichtigeres beunruhigt hätte. Ich hörte seiner Unterhaltung bei Tisch zu und merkte, wie bereitwillig andere Menschen darauf eingingen, und mit welch instinktiver Leichtigkeit er seine Themen dem Wissen und den Gewohnheiten seiner Gesprächspartner anpaßte. So wie er im Gespräch mit mir beiläufig auf ein Thema gekommen war, von dem ich wahrscheinlich am meisten verstand und das mich am

so, in talking with others, he guided himself by the same rule. The company was of a varied character; but he was not at fault, that I could discover, with any member of it. He knew just as much of each man's pursuit as made him agreeable to that man in reference to it, and just as little as made it natural in him to seek modestly for information when the theme was broached.

As he talked and talked – but really not too much, for the rest of us seemed to force it upon him – I became quite angry with myself. I took his face to pieces in my mind, like a watch, and examined it in detail.

I could not say much against any of his features separately; I could say even less against them when they were put together. "Then is it not monstrous," I asked myself, "that because a man happens to part his hair straight up the middle of his head, I should permit myself to suspect, and even to detest him?"

(I may stop to remark that this was no proof of my sense. An observer of men who finds himself steadily repelled by some apparently trifling thing in a stranger is right to give it great weight. It may be the clue to the whole mystery. A hair or two will show where a lion is hidden. A very little key will open a very heavy door.)

I took my part in the conversation with him after a time, and we got on remarkably well. In the drawing-room I asked the host how long he had known Mr. Slinkton. He answered, not many months; he had met him at the house of a celebrated painter then present, who had known him well when he was travelling with his nieces in Italy for their health. His plans in life being broken by the death of one of them, he was reading with the intention of going back to college as a matter of form, taking his degree, and going into orders. I could not but argue with myself that here was the true explanation of his interest in poor Meltham, and that I had been almost brutal in my distrust on that simple head.

Chapter III

On the very next day but one I was sitting behind my glass partition, as before, when he came into the outer office, as

meisten interessieren würde, so ließ er sich auch im Gespräch mit anderen von derselben Regel leiten. Die Gesellschaft war bunt gemischt, aber soweit ich sehen konnte, unterhielt er sich mit allen gleich gut. Er wußte von dem Gewerbe eines jeden gerade so viel, daß der Betreffende ihn in einem Gespräch darüber liebenswürdig finden mußte, und gerade so wenig, daß es natürlich erschien, wenn er bescheiden um Auskünfte bat, sobald das Thema angeschnitten wurde.

Je mehr er plauderte und plauderte – aber keineswegs zuviel, denn wir anderen schienen ihn ja dazu zu nötigen – desto ärgerlicher wurde ich mit mir. In Gedanken zerlegte ich sein Gesicht in Teile wie eine Uhr und betrachtete es aufs genaueste. Gegen seine einzelnen Züge konnte ich wenig einwenden, und weniger noch, wenn sie zusammengefügt waren. «Ist es denn nicht ungeheuerlich», fragte ich mich, «daß ich mir erlaube, einen Mann – nur weil er zufällig sein Haar gerade in der Mitte scheitelt – mit Argwohn, ja mit Widerwillen zu betrachten?»

(Ich darf hier wohl innehalten, um zu bemerken, daß dies keine Probe meines gesunden Verstandes war. Wer Menschen beobachtet und sich von einem Fremden ständig durch eine scheinbare Nebensächlichkeit abgestoßen fühlt, hat recht, wenn er dieser großes Gewicht beimißt. Sie kann der Zugang zu dem ganzen Geheimnis sein. Ein paar Haare können zeigen, wo ein Löwe verborgen liegt. Ein winziger Schlüssel kann eine große, schwere Tür öffnen.)

Ich nahm nach einer Weile an der Unterhaltung mit ihm teil, und wir verstanden uns erstaunlich gut. Im Salon fragte ich den Gastgeber, wie lange er Mr. Slinkton schon kenne. Er antwortete, erst wenige Monate; er habe ihn im Hause eines bekannten Malers getroffen, der jetzt auch anwesend sei; dieser habe ihn gut gekannt, als er mit seinen Nichten ihrer Gesundheit wegen in Italien reiste. Da seine Zukunftspläne durch den Tod der einen zunichte geworden seien, studiere er jetzt, um dann pro forma an die Universität zurückzukehren, sein Examen zu machen und Pfarrer zu werden. Ich konnte mir den Vorwurf nicht ersparen, hierin läge die wahre Erklärung für sein Interesse an dem armen Meltham, und ich sei fast herzlos gewesen in meinem Mißtrauen gegen diesen ehrlichen Kopf.

Kapitel III

Am übernächsten Tag saß ich, wie zuvor, hinter meiner Glaswand, als er, wie zuvor, in die vorderen Geschäftsräume trat. In dem

before. The moment I saw him again without hearing him, I hated him worse than ever.

It was only for a moment that I had this opportunity; for he waved his tight-fitting black glove the instant I looked at him, and came straight in.

"Mr. Sampson, good-day! I presume, you see, upon your kind permission to intrude upon you. I don't keep my word in being justified by business, for my business here – if I may so abuse the word – is of the slightest nature."

I asked, was it anything I could assist him in?

"I thank you, no. I merely called to inquire outside whether my dilatory friend had been so false to himself as to be practical and sensible. But, of course, he has done nothing. I gave him your papers with my own hand, and he was hot upon the intention, but of course he has done nothing. Apart from the general human disinclination to do anything that ought to be done, I dare say there is a specialty about assuring one's life. You find it like will-making. People are so superstitious, and take it for granted they will die soon afterwards."

"Up here, if you please; straight up here, Mr. Sampson. Neither to the right nor to the left." I almost fancied I could hear him breathe the words as he sat smiling at me, with that intolerable parting exactly opposite the bridge of my nose.

"There is such a feeling sometimes, no doubt," I replied; "but I don't think it obtains to any great extent."

"Well," said he, with a shrug and a smile, "I wish some good angel would influence my friend in the right direction. I rashly promised his mother and sister in Norfolk to see it done, and he promised them that he would do it. But I suppose he never will."

He spoke for a minute or two on indifferent topics, and went away.

I had scarcely unlocked the drawers of my writing-table next morning, when he reappeared. I noticed that he came straight to the door in the glass partition, and did not pause a single moment outside.

"Can you spare me two minutes, my dear Mr. Sampson?"

"By all means."

Augenblick, da ich ihn wieder sah, ohne ihn zu hören, haßte ich ihn mehr denn je.

Ich hatte nur kurz Gelegenheit dazu, denn kaum hatte ich ihn angesehen, als er mit seinem eng anliegenden Glacéhandschuh winkte und geradewegs hereinkam.

«Mr. Sampson, guten Tag! Ich mache, wie Sie sehen, von Ihrer freundlichen Erlaubnis Gebrauch, Sie zu stören. Aber ich halte mein Wort nicht in der Weise, daß ich mich mit Geschäften rechtfertigen könnte, denn das Geschäft – wenn ich dieses Wort so mißbrauchen darf – das mich herführt, ist ein ganz geringfügiges.»

Ich fragte, ob es etwas sei, worin ich ihm behilflich sein könne.

«Ich danke Ihnen, nein. Ich kam nur, um draußen nachzufragen, ob mein säumiger Freund sich selbst so untreu geworden ist, praktisch und vernünftig zu handeln. Aber selbstverständlich hat er's nicht getan. Ich habe ihm Ihre Formulare eigenhändig gegeben, und er war Feuer und Flamme, aber natürlich hat er nichts unternommen. Abgesehen von der allgemeinen menschlichen Abneigung, etwas zu tun, das getan werden sollte, ist es wohl mit dem Versichern des eigenen Lebens etwas Besonderes. Da verhält es sich wie mit dem Aufsetzen eines Testaments. Die Menschen sind abergläubisch und halten es für ausgemacht, daß sie bald darauf sterben werden.»

«Bitte schön, hier herauf; geradewegs hier herauf, Mr. Sampson. Weder nach rechts noch nach links.» Fast glaubte ich, ihn die Worte flüstern zu hören, wie er mich so anlächelte und mir diesen unerträglichen Scheitel direkt vor die Nase hielt.

«Zweifellos begegnet man dieser Ansicht bisweilen», erwiderte ich. «Aber ich glaube nicht, daß sie sehr verbreitet ist.»

«Nun», sagte er achselzuckend und mit einem Lächeln, «ich wünschte, ein guter Engel würde meinen Freund auf den richtigen Weg bringen. Ich habe seiner Mutter und Schwester in Norfolk voreilig versprochen, mich darum zu kümmern, und er hat ihnen versprochen, es zu tun. Aber wahrscheinlich wird nie etwas daraus.»

Er sprach noch ein Weilchen über Belangloses und ging dann.

Kaum hatte ich am nächsten Morgen die Schubladen meines Schreibtisches aufgeschlossen, als er wiederkam. Ich bemerkte, daß er geradewegs auf die Tür in der Glaswand zukam, ohne sich einen Augenblick draußen aufzuhalten.

«Haben Sie ein paar Minuten Zeit für mich, mein lieber Mr. Sampson?»

«Aber selbstverständlich.»

"Much obliged," laying his hat and umbrella on the table; "I came early, not to interrupt you. The fact is, I am taken by surprise in reference to this proposal my friend has made."

"Has he made one?" said I.

"Ye-es," he answered, deliberately looking at me; and then a bright idea seemed to strike him – "or he only tells me he has. Perhaps that may be a new way of evading the matter. By Jupiter, I never thought of that!"

Mr. Adams was opening the morning's letters in the outer office. "What is the name, Mr. Slinkton?" I asked.

"Beckwith."

I looked out at the door and requested Mr. Adams, if there were a proposal in that name, to bring it in. He had already laid it out of his hand on the counter. It was easily selected from the rest, and he gave it me. Alfred Beckwith. Proposal to effect a policy with us for two thousand pounds. Dated yesterday.

"From the Middle Temple, I see, Mr. Slinkton."

"Yes. He lives on the same staircase with me; his door is opposite. I never thought he would make me his reference though."

"It seems natural enough that he should."

"Quite so, Mr. Sampson; but I never thought of it. Let me see." He took the printed paper from his pocket. "How am I to answer all these questions?"

"According to the truth, of course," said I.

"O, of course!" he answered, looking up from the paper with a smile; "I meant they were so many. But you do right to be particular. It stands to reason that you must be particular. Will you allow me to use your pen and ink?"

"Certainly."

"And your desk?"

"Certainly."

He had been hovering about between his hat and his umbrella for a place to write on. He now sat down in my chair, at my blotting-paper and inkstand, with the long walk up his head in accurate perspective before me, as I stood with my back to the fire.

Before answering each question he ran over it aloud, and

«Verbindlichen Dank», und er legte Hut und Schirm auf den Tisch. «Ich bin früh gekommen, um Sie nicht zu unterbrechen. Ich bin nämlich ganz überrascht von diesem Antrag, den mein Freund gestellt hat.»

«Hat er einen gestellt?» fragte ich.

«Ja-a», antwortete er, mich nachdenklich ansehend; und dann schien ihm plötzlich etwas aufzugehen – «oder er hat es mir nur weisgemacht. Vielleicht ist das nur eine neue Art, sich um die Sache zu drücken. Weiß Gott, daran habe ich noch gar nicht gedacht!»

Mr. Adams war dabei, in den vorderen Räumen die Morgenpost zu öffnen. «Wie ist der Name, Mr. Slinkton?» fragte ich.

«Beckwith.»

Ich sah zur Türe hinaus und bat Mr. Adams, falls ein Antrag auf diesen Namen dabei sei, ihn hereinzubringen. Er hatte diesen Antrag bereits aus der Hand auf den Tresen gelegt. Er war schnell aus den anderen herausgesucht, und er gab ihn mir. Alfred Beckwith. Antrag auf Abschluß einer Lebensversicherung bei uns in Höhe von zweitausend Pfund. Datiert von gestern.

«Wohnhaft im Middle Temple, wie ich sehe, Mr. Slinkton.»

«Ja, er wohnt mit mir auf dem selben Flur; seine Tür liegt meiner gegenüber. Aber ich hätte nie gedacht, daß er mich als Referenz angeben würde.»

«Es scheint indes naheliegend.»

«Allerdings, Mr. Sampson; aber ich hätte es nicht gedacht. Lassen Sie mich sehen.» Er zog das gedruckte Papier aus der Tasche. «Wie soll ich nur all diese Fragen beantworten?»

«Selbstverständlich wahrheitsgemäß», sagte ich.

«Oh, selbstverständlich!» antwortete er und sah lächelnd von dem Papier auf. «Ich meinte nur, es sind so viele. Aber Sie haben recht, wenn Sie es genau nehmen. Es versteht sich, daß Sie es genau nehmen müssen. Gestatten Sie, daß ich Ihre Feder und Tinte benutze?»

«Gewiß.»

«Und Ihren Schreibtisch?»

«Gewiß.»

Er hatte unentschlossen zwischen Hut und Schirm einen Platz gesucht, wo er schreiben konnte. Jetzt setzte er sich in meinen Stuhl, an meine Schreibunterlage und mein Schreibzeug, und hielt mir den langen Weg auf seinem Kopf genau sichtbar entgegen, während ich mit dem Rücken am Kamin stand.

Bevor er eine Frage beantwortete, las er sie laut durch und erörterte

discussed it. How long had he known Mr. Alfred Beckwith? That he had to calculate by years upon his fingers. What were his habits? No difficulty about them; temperate in the last degree, and took a little too much exercise, if anything. All the answers were satisfactory. When he had written them all, he looked them over, and finally signed them in a very pretty hand. He supposed he had now done with the business. I told him he was not likely to be troubled any farther. Should he leave the papers there? If he pleased. Much obliged. Good morning.

I had had one other visitor before him; not at the office, but at my own house. That visitor had come to my bedside when it was not yet daylight, and had been seen by no one else but by my faithful confidential servant.

A second reference paper (for we required always two) was sent down into Norfolk, and was duly received back by post. This, likewise, was satisfactorily answered in every respect. Our forms were all complied with; we accepted the proposal, and the premium for one year was paid.

Chapter IV

For six or seven months I saw no more of Mr. Slinkton. He called once at my house, but I was not at home; and he once asked me to dine with him in the Temple, but I was engaged. His friend's assurance was effected in March. Late in September or early in October I was down at Scarborough for a breath of sea-air, where I met him on the beach. It was a hot evening; he came toward me with his hat in his hand; and there was the walk I had felt so strongly disinclined to take in perfect order again, exactly in front of the bridge of my nose.

He was not alone, but had a young lady on his arm.

She was dressed in mourning, and I looked at her with great interest. She had the appearance of being extremely delicate, and her face was remarkably pale and melancholy; but she was very pretty. He introduced her as his niece, Miss Niner.

"Are you strolling, Mr. Sampson? Is it possible you can be idle?"

It *was* possible, and I *was* strolling.

sie. Wie lange hatte er Mr. Alfred Beckwith gekannt? Das mußte er in Jahren an den Fingern abzählen. Wie lebte der Herr? Daran war nichts Schwieriges: im höchsten Grade mäßig, allenfalls verschaffte er sich ein bißchen zuviel Bewegung. Alle Antworten waren zufriedenstellend. Als er sie alle geschrieben hatte, las er sie nochmals durch und unterschrieb schließlich in sehr zierlicher Hand. Er meinte, nun habe er die Sache wohl erledigt? Ich sagte ihm, er werde sicherlich nicht weiter bemüht werden. Ob er die Papiere dalassen solle? Ja, bitte. Besten Dank. Guten Morgen.

Vor ihm war noch ein anderer Besucher bei mir gewesen, nicht im Büro, sondern in meinem Hause. Dieser Besucher war an mein Bett getreten, als es noch nicht Tag war, und war von niemandem gesehen worden außer meinem treuen, zuverlässigen Diener.

Ein zweites Bürgschaftsformular (denn wir verlangen immer zwei) wurde nach Norfolk geschickt und kam ordnungsgemäß mit der Post zurück. Auch auf diesem waren die Fragen in jeder Hinsicht zufriedenstellend beantwortet. Allen unseren Vorschriften war Genüge getan; wir nahmen den Antrag an, und der Beitrag für ein Jahr wurde gezahlt.

Kapitel IV

Sechs oder sieben Monate lang sah ich nichts mehr von Mr. Slinkton. Einmal sprach er in meinem Haus vor, aber ich war nicht da; und einmal lud er mich zum Essen im Temple ein, aber ich war schon verabredet. Die Versicherung seines Freundes wurde im März abgeschlossen. Ende September oder Anfang Oktober war ich in Scarborough, um ein bißchen Seeluft zu schnappen, und dort traf ich ihn am Strand. Es war ein sehr warmer Abend; er kam mit dem Hut in der Hand auf mich zu, und wieder lag der Weg, den einzuschlagen ich mich so heftig gesträubt hatte, in vollkommener Ordnung genau vor meiner Nase.

Er war nicht alleine. Er hatte eine junge Dame am Arm.

Sie trug Trauer, und ich betrachtete sie mit großem Interesse. Sie schien außerordentlich zart zu sein, und ihr Gesicht war auffallend blaß und melancholisch; aber sie war sehr hübsch. Er stellte sie mir vor als seine Nichte, Miss Niner.

«Gehen Sie spazieren, Mr. Sampson? Ist es denn möglich, daß Sie untätig sein können?»

Es *war* möglich, und ich *ging* spazieren.

"Shall we stroll together?"

"With pleasure."

The young lady walked between us, and we walked on the cool sea sand, in the direction of Filey.

"There have been wheels here," said Mr. Slinkton. "And now I look again, the wheels of a hand-carriage! Margaret, my love, your shadow without doubt!"

"Miss Niner's shadow?" I repeated, looking down at it on the sand.

"Not that one," Mr. Slinkton returned, laughing. "Margaret, my dear, tell Mr. Sampson."

"Indeed," said the young lady, turning to me, "there is nothing to tell – except that I constantly see the same invalid old gentleman at all times, wherever I go. I have mentioned it to my uncle, and he calls the gentleman my shadow."

"Does he live in Scarborough?" I asked.

"He is staying here."

"Do you live in Scarborough?"

"No, I am staying here. My uncle has placed me with a family here, for my health."

"And your shadow?" said I, smiling.

"My shadow," she answered, smiling too, "is – like myself – not very robust, I fear; for I lose my shadow sometimes, as my shadow loses me at other times. We both seem liable to confinement to the house. I have not seen my shadow for days and days; but it does oddly happen, occasionally, that wherever I go, for many days together, this gentleman goes. We have come together in the most unfrequented nooks on this shore."

"Is this he?" said I, pointing before us.

The wheels had swept down to the water's edge, and described a great loop on the sand in turning. Bringing the loop back towards us, and spinning it out as it came, was a hand-carriage, drawn by a man.

"Yes," said Miss Niner, "this really is my shadow, uncle."

As the carriage approached us and we approached the carriage, I saw within it an old man, whose head was sunk on his breast, and who was enveloped in a variety of wrappers. He was drawn by a very quiet but very keen-looking man, with iron-grey hair, who was slightly lame. They had passed

«Wollen wir gemeinsam gehen?»

«Mit Vergnügen.»

Die junge Dame ging zwischen uns, und wir liefen auf dem kühlen feuchten Sand in Richtung auf Filey.

«Hier sind Räderspuren», sagte Mr. Slinkton. «Und wenn ich jetzt genauer hinsehe, sind es die Spuren eines Handwagens! Margaret, meine Liebe, ohne Zweifel dein Schatten!»

«Miss Niners Schatten?» wiederholte ich, den ihren auf dem Sand betrachtend.

«Nicht dieser Schatten», entgegnete Mr. Slinkton lachend. «Margaret, meine Liebe, erzähle es Mr. Sampson.»

«Wahrhaftig», sagte die junge Dame, sich an mich wendend, «da ist eigentlich gar nichts zu erzählen – außer daß ich ständig demselben kranken alten Mann begegne, wohin ich auch gehe. Ich sprach darüber zu meinem Onkel, und er nennt den Herrn meinen Schatten.»

«Wohnt er in Scarborough?» fragte ich.

«Er ist nur vorübergehend hier.»

«Wohnen Sie in Scarborough?»

«Nein, ich bin auch nur vorübergehend hier. Mein Onkel hat mich hier bei einer Familie einquartiert, meiner Gesundheit wegen.»

«Und Ihr Schatten?» fragte ich lächelnd.

«Mein Schatten», antwortete sie und lächelte ebenfalls, «ist – wie ich – nicht sehr kräftig, fürchte ich; denn bisweilen verliere ich meinen Schatten, wie mein Schatten bisweilen mich verliert. Wir scheinen beide gelegentlich ans Haus gefesselt zu sein. Ich habe meinen Schatten jetzt seit Tagen nicht mehr gesehen, aber es trifft sich mitunter seltsam, daß an mehreren Tagen hintereinander dieser Herr genau dahin geht, wohin auch ich gehe. Wir sind uns schon an den menschenleersten Ecken dieser Küste begegnet.»

«Ist er das?» fragte ich, geradeaus deutend.

Die Räder hatten sich zum Wasser hinunter bewegt, waren dann umgekehrt und beschrieben dadurch eine große Schleife auf dem Sand. Die Schleife zu uns hin schließend und beim Näherkommen in die Länge ziehend, erschien ein Handwagen, der von einem Mann gezogen wurde.

«Ja», sagte Miss Niner, «das ist wahrhaftig mein Schatten, Onkel.»

Als der Wagen sich näherte, und wir uns dem Wagen näherten, sah ich darin einen alten Mann, dem der Kopf auf die Brust gesunken und der in eine Menge Decken gehüllt war. Er wurde gezogen von einem sehr ruhigen grauhaarigen Mann mit wachen Augen, der leicht

us, when the carriage stopped, and the old gentleman within, putting out his arm, called to me by my name. I went back, and was absent from Mr. Slinkton and his niece for about five minutes.

When I rejoined them, Mr. Slinkton was the first to speak. Indeed, he said to me in a raised voice before I came up with him:

"It is well you have not been longer, or my niece might have died of curiosity to know who her shadow is, Mr. Sampson."

"An old East India Director," said I. "An intimate friend of our friend's at whose house I first had the pleasure of meeting you. A certain Major Banks. You have heard of him?"

"Never."

"Very rich, Miss Niner; but very old, and very crippled. An amiable man, sensible – much interested in you. He has just been expatiating on the affection that he has oberserved to exist between you and your uncle."

Mr. Slinkton was holding his hat again, and he passed his hand up the straight walk, as if he himself went up it serenely, after me.

"Mr. Sampson," he said, tenderly pressing his niece's arm in his, "our affection was always a strong one, for we have had but few near ties. We have still fewer now. We have associations to bring us together, that are not of this world, Margaret."

"Dear uncle!" murmured the young lady, and turned her face aside to hide her tears.

"My niece and I have such remembrances and regrets in common, Mr. Sampson," he feelingly pursued, "that it would be strange indeed if the relations between us were cold or indifferent. If I remember a conversation we once had together, you will understand the reference I make. Cheer up, dear Margaret. Don't droop, don't droop. My Margaret! I cannot bear to see you droop!"

The poor young lady was very much affected, but controlled herself. His feelings, too, were very acute. In a word, he found himself under such great need of a restorative, that he presently went away, to take a bath of sea-water, leaving the young lady and me sitting by a point of

hinkte. Sie waren schon an uns vorüber, da hielt der Wagen, und der alte Herr streckte den Arm aus und rief mich beim Namen. Ich ging zurück und ließ Mr. Slinkton und seine Nichte ungefähr fünf Minuten alleine.

Als ich wieder zu ihnen ging, ergriff Mr. Slinkton als erster das Wort. Ja, er rief mir schon zu, bevor ich noch bei ihm war:

«Es ist nur gut, daß Sie nicht länger geblieben sind, sonst wäre meine Nichte gestorben vor Neugier, wer denn ihr Schatten ist, Mr. Sampson.»

«Ein ehemaliger Direktor der East India Company», sagte ich. «Ein guter Freund unseres Freundes, in dessen Haus ich zuerst das Vergnügen hatte, Sie zu treffen. Ein gewisser Major Banks. Haben Sie von ihm gehört?»

«Noch nie.»

«Sehr reich, Miss Niner; aber sehr alt und sehr gebrechlich. Ein liebenswürdiger Mann mit Verstand – interessiert sich sehr für Sie. Er hat sich gerade über die Zuneigung geäußert, die er zwischen Ihnen und Ihrem Onkel bemerkt hat.»

Mr. Slinkton hatte den Hut wieder abgesetzt und fuhr mit der Hand den geraden Weg hinauf, so als ob er, mir folgend, heiter dort hinaufschlenderte.

«Mr. Sampson», sagte er, zärtlich den Arm seiner Nichte drückend, «unsere Zuneigung war immer stark, denn wir hatten stets nur wenige nahe Verwandte.

Jetzt haben wir noch weniger. Zwischen uns bestehen Bindungen, die nicht von dieser Welt sind, Margaret.»

«Lieber Onkel!» flüsterte die junge Dame und wandte das Gesicht zur Seite, um ihre Tränen zu verbergen.

«Meiner Nichte und mir ist soviel gemeinsam an Erinnerungen und trauerndem Gedenken, Mr. Sampson», fuhr er gefühlvoll fort, «daß es in der Tat seltsam wäre, wenn die Beziehungen zwischen uns kühl oder gleichgültig wären. Wenn Sie sich an ein Gespräch, das wir miteinander hatten, noch erinnern, werden Sie wissen, was ich damit meine. Kopf hoch, liebe Margaret. Gräme dich nicht, gräme dich nicht. Meine Margaret! Ich kann es nicht sehen, daß du dich grämst!»

Die arme junge Dame war sehr gerührt, aber sie beherrschte sich. Auch seine Gefühle waren aufgewühlt. Mit einem Wort, er fühlte ein so großes Bedürfnis, sich zu stärken, daß er kurz darauf fortging, um ein Bad in der See zu nehmen. Er ließ die junge Dame und mich allein

rock, and probably presuming – but that you will say was a pardonable indulgence in a luxury – that she would praise him with all her heart.

She did, poor thing! With all her confiding heart, she praised him to me, for his care of her dead sister, and for his untiring devotion in her last illness. The sister had wasted away very slowly, and wild and terrible fantasies had come over her toward the end, but he had never been impatient with her, or at a loss; had always been gentle, watchful, and self-possessed. The sister had known him, as she had known him, to be the best of men, the kindest of men, and yet a man of such admirable strength of character, as to be a very tower for the support of their weak natures while their poor lives endured.

"I shall leave him, Mr. Sampson, very soon," said the young lady; "I know my life is drawing to an end; and when I am gone, I hope he will marry and be happy. I am sure he has lived single so long, only for my sake, and for my poor, poor sister's."

The little hand-carriage had made another great loop on the damp sand, and was coming back again, gradually spinning out a slim figure of eight, half a mile long.

"Young lady," said I, looking around, laying my hand upon her arm, and speaking in a low voice, "time presses. You hear the gentle murmur of that sea?"

She looked at me with the utmost wonder and alarm, saying,

"Yes!"

"And you know what a voice is in it when the storm comes?"

"Yes!"

"You see how quiet and peaceful it lies before us, and you know what an awful sight of power without pity it might be, this very night!"

"Yes!"

"But if you had never heard or seen it, or heard of it in its cruelty, could you believe that it beats every inanimate thing in its way to pieces, without mercy, and destroys life without remorse?"

"You terrify me, Sir, by these questions!"

auf einer Felsenklippe sitzen, wobei er wohl annahm – aber Sie werden es verzeihlich finden, daß er diesem Wohlgefühl nachgab –, sie werde ihn von ganzem Herzen preisen.

Das tat sie auch, das arme Ding! Vom Grunde ihres zutraulichen Herzens pries sie mir seine Fürsorge für ihre verstorbene Schwester und seine unermüdliche Hingabe während ihrer letzten Krankheit. Die Schwester sei sehr langsam dahingesiecht, und wilde, schreckliche Phantasien seien in der letzten Zeit über sie gekommen; aber nie habe er die Geduld verloren oder sich nicht zu helfen gewußt; immer sei er sanft, wachsam und beherrscht gewesen. Die Schwester sei überzeugt gewesen, und auch sie sei überzeugt, daß er der beste Mensch, der liebste Mensch sei und dabei ein Mann von so bewundernswerter Charakterstärke, daß er eine wahrhaft schützende Wehr sei für ihre schwachen Naturen, so lange ihr armes Leben währe.

«Ich werde ihn bald verlassen, Mr. Sampson», sagte die junge Dame. «Ich weiß, mein Leben geht dem Ende entgegen; und wenn ich gegangen bin, wird er hoffentlich heiraten und glücklich sein. Ich bin überzeugt, er ist nur um meinetwillen und meiner armen Schwester willen so lange ledig geblieben.»

Der kleine Handwagen hatte noch eine große Schleife auf dem feuchten Sand gemacht und kam jetzt wieder zurück, so daß er eine schmale Acht von etwa einer halben Meile Länge beschrieb.

«Mein Fräulein», sagte ich, indem ich mich umsah, legte die Hand auf ihren Arm und sprach mit leiser Stimme, «die Zeit drängt. Hören Sie dort das leise Rauschen der See?»

Sie sah mich mit der größten Verwunderung und Bestürzung an und antwortete:

«Ja.»

«Und Sie wissen, was für ein Getöse sie macht, wenn der Sturm kommt?»

«Ja.»

«Sie sehen, wie ruhig und friedlich sie vor uns liegt, und Sie wissen, was für einen schrecklichen Anblick erbarmungsloser Gewalt sie schon heute abend bieten kann.»

«Ja.»

«Aber wenn Sie sie nie gehört oder gesehen hätten, oder von ihrer Grausamkeit gehört hätten, könnten Sie dann glauben, daß sie jeden Gegenstand, der ihr im Wege ist, ohne Gnade in Stücke schlägt, und daß sie Leben bedenkenlos vernichtet?»

«Sie machen mir Angst mit diesen Fragen!»

"To save you, young lady, to save you! For God's sake, collect your strength and collect your firmness! If you were here alone, and hemmed in by the rising tide on the flow to fifty feet above your head, you could not be in greater danger than the danger you are now to be saved from."

The figure on the sand was spun out, and straggled off into a crooked little jerk that ended at the cliff very near us.

"As I am, before Heaven and the Judge of all mankind, your friend, and your dead sister's friend, I solemnly entreat you, Miss Niner, without one moment's loss of time, to come to this gentleman with me!"

If the little carriage had been less near to us, I doubt if I could have got her away; but it was so near that we were there before she had recovered the hurry of being urged from the rock.

I did not remain there with her two minutes. Certainly within five, I had the inexpressible satisfaction of seeing her – from the point we had sat on, and to which I had returned – half supported and half carried up some rude steps notched in the cliff, by the figure of an active man. With that figure beside her, I knew she was safe anywhere.

I sat alone on the rock, awaiting Mr. Slinkton's return. The twilight was deepening and the shadows were heavy, when he came round the point, with his hat hanging at his button-hole, smoothing his wet hair with one of his hands, and picking out the old path with the other and a pocket-comb.

"My niece not here, Mr. Sampson?" he said, looking about.

"Miss Niner seemed to feel a chill in the air after the sun was down, and has gone home."

He looked surprised, as though she were not accustomed to do anything without him; even to originate so slight a proceeding.

"I persuaded Miss Niner," I explained.

"Ah!" said he. "She is easily persuaded – for her good. Thank you, Mr. Sampson; she is better within doors. The bathing-place was farther than I thought, to say the truth."

"Miss Niner is very delicate," I observed.

He shook his head and drew a deep sigh. "Very, very, very.

«Um Sie zu retten, mein Fräulein, um Sie zu retten! Um Gottes willen, nehmen Sie Ihre ganze Kraft und Festigkeit zusammen! Wenn Sie hier alleine wären und eingeschlossen von der steigenden Flut, die im Begriff ist, Sie fünfzig Fuß unter sich zu begraben, dann wäre jene Gefahr ebenso groß wie die, aus der Sie jetzt gerettet werden sollen.»

Die Figur im Sand war fertig gezogen und lief in einem kleinen Schnörkel aus, der ganz dicht bei uns an der Klippe endete.

«Beim Himmel und dem Weltenrichter, so wahr ich Ihr Freund bin und der Freund Ihrer toten Schwester: Ich bitte Sie inständig, Miss Niner, keinen Augenblick zu säumen und mit mir zu diesem Herrn dort zu kommen!»

Wäre der kleine Wagen nicht so nahe bei uns gewesen, ich zweifle, ob ich sie hätte fortbringen können; aber er war so nahe, daß wir schon bei ihm waren, noch ehe sie das hastige Drängen zum Verlassen der Klippe recht begriffen hatte. Ich blieb kaum zwei Minuten dort bei ihr. Und keine fünf Minuten später hatte ich die unbeschreibliche Genugtuung, von dem Punkt aus, wo wir gesessen hatten und wohin ich zurückgekehrt war, mitanzusehen, wie sie von einer kräftigen Männergestalt ein paar grob in die Klippen gehauene Stufen hinauf halb gestützt, halb getragen wurde. Ich wußte, solange diese Gestalt an ihrer Seite war, konnte ihr nirgends etwas geschehen.

Ich saß allein auf dem Felsen und wartete auf Mr. Slinktons Rückkehr. Es wurde schon sehr dämmrig, und es fielen schwere Schatten, als er um die Felsenspitze bog. Er hatte den Hut am Knopfloch hängen und glättete sich das nasse Haar mit der einen Hand, während er mit der anderen und einem Taschenkamm den alten Weg geradezog.

«Meine Nichte nicht hier, Mr. Sampson?» fragte er und sah sich um.

«Miss Niner schien zu frösteln, als die Sonne untergegangen war, und da hat sie sich nach Hause begeben.»

Er sah überrascht aus, wie wenn es sonst nicht ihre Gewohnheit sei, etwas ohne ihn zu tun, nicht einmal etwas so Geringfügiges zu unternehmen.

«Ich bewog Miss Niner dazu», erklärte ich.

«Ach so!» sagte er. «Sie läßt sich leicht überreden, zu ihrem Glück. Ich danke Ihnen, Mr. Sampson. Sie ist drinnen besser aufgehoben. Der Badeplatz war tatsächlich weiter, als ich dachte.»

«Miss Niner ist von sehr zarter Gesundheit», bemerkte ich.

Er schüttelte den Kopf und seufzte tief. «Sehr, sehr, sehr. Sie

You may recollect my saying so. The time that has since intervened has not strengthened her. The gloomy shadow that fell upon her sister so early in life seems, in my anxious eyes, to gather over her, ever darker, ever darker. Dear Margaret, dear Margaret! But we must hope."

The hand-carriage was spinning away before us at a most indecorous pace for an invalid vehicle, and was making most irregular curves upon the sand. Mr. Slinkton, noticing it after he had put his handkerchief to his eyes, said:

"If I may judge from appearances, your friend will be upset, Mr. Sampson."

"It looks probable, certainly," said I.

"The servant must be drunk."

"The servants of old gentlemen will get drunk sometimes," said I.

"The major draws very light, Mr. Sampson."

"The major does draw light," said I.

By this time the carriage, much to my relief, was lost in the darkness. We walked on for a little, side by side over the sand, in silence. After a short while he said, in a voice still affected by the emotion that his niece's state of health had awakened in him,

"Do you stay here long, Mr. Sampson?"

"Why, no. I am going away to-night."

"So soon? But business always holds you in request. Men like Mr. Sampson are too important to others, to be spared to their own need of relaxation and enjoyment."

"I don't know about that," said I. "However, I am going back."

"To London?"

"To London."

"I shall be there too, soon after you."

I knew that as well as he did. But I did not tell him so. Any more than I told him what defensive weapon my right hand rested on in my pocket, as I walked by his side. Any more than I told him why I did not walk on the sea side of him with the night closing in.

We left the beach, and our ways diverged. We exchanged good night, and had parted indeed, when he said, returning,

erinnern sich vielleicht, daß ich das schon einmal erwähnte. Die Zeit, die seitdem verflossen ist, hat sie nicht gekräftigt. Der düstere Schatten, der so früh auf ihre Schwester fiel, legt sich – so scheint es meinem ängstlichen Auge – auch über sie; noch finsterer, noch finsterer. Teure Margaret, teure Margaret. Aber wir müssen hoffen!»

Der Handwagen fuhr vor uns mit einer für ein Krankengefährt höchst ungehörigen Geschwindigkeit dahin, und er beschrieb auf dem Sand höchst unregelmäßige Kurven. Mr. Slinkton bemerkte es, nachdem er sich das Taschentuch an die Augen gehalten hatte, und sagte:

«Es sieht mir fast so aus, als werde Ihr Freund gleich umkippen, Mr. Sampson.»

«Es sieht wirklich so aus», sagte ich.

«Der Diener muß betrunken sein.»

«Diener von alten Herren sind manchmal betrunken», sagte ich.

«Der Major läßt sich sehr leicht ziehen, Mr. Sampson.»

«Der Major läßt sich allerdings leicht ziehen», sagte ich.

Mittlerweile war der Wagen zu meiner großen Erleichterung in der Dunkelheit verschwunden. Wir gingen ein Weilchen schweigend nebeneinander auf dem Sand weiter. Bald darauf sprach er wieder, und in seiner Stimme klangen noch die Gefühle mit, die der Gesundheitszustand seiner Nichte in ihm geweckt hatte:

«Bleiben Sie länger hier, Mr. Sampson?»

«Nein, nein, ich reise heute abend ab.»

«So bald? Aber die Geschäfte nehmen Sie ständig in Anspruch. Männer wie Mr. Sampson sind zu wichtig für andere, um ihr eigenes Bedürfnis nach Erholung und Vergnügen befriedigen zu dürfen.»

«Das würde ich nicht sagen», entgegnete ich. «Jedenfalls fahre ich zurück.»

«Nach London?»

«Nach London.»

«Ich werde dort bald nach Ihnen eintreffen.»

Das wußte ich so gut wie er, aber ich sagte es ihm nicht. Ebensowenig sagte ich ihm, auf was für einer Verteidigungswaffe meine rechte Hand in meiner Tasche ruhte, während ich neben ihm ging. Ebensowenig sagte ich ihm, warum ich nicht auf der zur See gewandten Seite neben ihm herging, während die Nacht hereinbrach.

Wir verließen den Strand, und unsere Wege trennten sich. Wir wünschten einander gute Nacht und waren schon auseinandergegangen, als er noch einmal zurückkam und sagte:

"Mr. Sampson, *may* I ask? Poor Meltham, whom we spoke of, – dead yet?"

"Not when I last heard of him; but too broken a man to live long, and hopelessly lost to his old calling."

"Dear, dear, dear!" said he, with great feeling. "Sad, sad, sad! The world is a grave!" And so went his way.

It was not his fault if the world were not a grave; but I did not call that observation after him, any more than I had mentioned those other things just now enumerated. He went his way, and I went mine with all expedition. This happened, as I have said, either at the end of September or beginning of October. The next time I saw him, and the last time, was late in November.

Chapter V

I had a very particular engagement to breakfast in the Temple. It was a bitter north-easterly morning, and the sleet and slush lay inches deep in the streets. I could get no conveyance, and was soon wet to the knees; but I should have been true to that appointment, though I had to wade to it up to my neck in the same impediments.

The appointment took me to some chambers in the Temple. They were at the top of a lonely corner house overlooking the river. The name, *Mr. Alfred Beckwith*, was painted on the outer door. On the door opposite, on the same landing, the name *Mr. Julius Slinkton*. The doors of both sets of chambers stood open, so that anything said aloud in one set could be heard in the other.

I had never been in those chambers before. They were dismal, close, unwholesome; and oppressive; the furniture, originally good, and not yet old, was faded and dirty, – the rooms were in great disorder;

there was a strong prevailing smell of opium, brandy, and tobacco; the grate and fire-irons were splashed all over with unsightly blotches of rust; and on a sofa by the fire, in the room where breakfast had been prepared, lay the host, Mr. Beckwith, a man with all the appearances of the worst kind of drunkard, very far advanced upon his shameful way to death.

«Mr. Sampson, darf ich vielleicht fragen? Der arme Meltham, von dem wir sprachen... Schon tot?»

«Noch nicht, als ich das letztemal von ihm hörte; aber ein zu sehr gebrochener Mann, um noch lange zu leben, und für seinen früheren Beruf hoffnungslos verloren.»

«Ach, ach, ach!» sagte er gefühlvoll. «Traurig, traurig, traurig! Die Welt ist ein Grab!» Und so ging er seines Weges.

Sein Verschulden war es wahrhaftig nicht, daß die Welt kein Grab war; aber diese Bemerkung rief ich ihm nicht nach, ebensowenig, wie ich etwas von den eben aufgezählten Umständen erwähnt hatte. Er ging seinen Weg, und ich ging in aller Eile den meinen. Dies geschah, wie ich schon sagte, entweder Ende September oder Anfang Oktober. Das nächste Mal sah ich ihn spät im November. Es war das letzte Mal.

Kapitel V

Ich hatte eine ganz ungewöhnliche Einladung zu einem Frühstück im Temple. Es war ein bitterkalter Morgen; der Nordost blies, und der Schneematsch lag einige Zoll hoch auf den Straßen. Ich konnte keinen Wagen bekommen und war bald naß bis an die Knie; aber diese Verabredung hätte ich eingehalten, auch wenn ich durch schultertiefen Schlamm dorthin hätte waten müssen.

Die Verabredung führte mich zu ein paar Zimmern im Temple. Sie befanden sich im Obergeschoß eines einsamen Eckhauses, das zum Fluß hin lag. Der Name *Mr. Alfred Beckwith* stand an der Wohnungstür. An der gegenüberliegenden Tür auf demselben Flur stand der Name *Mr. Julius Slinkton*. Die Türen zu beiden Wohnungen standen offen, so daß alles, was in der einen laut gesprochen wurde, in der anderen gehört werden konnte.

Ich war nie zuvor in diesen Räumen gewesen. Sie waren düster, eng, ungesund und beklemmend; die Möbel, ursprünglich gut und noch nicht alt, waren verblichen und schmutzig; die Zimmer befanden sich in großer Unordnung; es herrschte ein starker, durchdringender Geruch nach Opium, Branntwein und Tabak; der Kaminrost und die Schüreisen waren über und über mit häßlichen Rostflecken bedeckt; und auf einem Sofa beim Kamin, im Zimmer, wo das Frühstück bereitstand, lag der Gastgeber, Mr. Beckwith: ein Mann, der allem Anschein nach ein Trinker von der schlimmsten Sorte und auf seinem schändlichen Weg zum Tode schon weit fortgeschritten war.

"Slinkton is not come yet," said this creature, staggering up when I went in; "I'll call him. – Halloa! Julius Cæsar! Come and drink!"

As he hoarsely roared this out, he beat the poker and tongs together in a mad way, as if that were his usual manner of summoning his associate.

The voice of Mr. Slinkton was heard through the clatter from the opposite side of the staircase, and he came in. He had not expected the pleasure of meeting me. I have seen several artful men brought to a stand, but I never saw a man so aghast as he was when his eyes rested on mine.

"Julius Cæsar," cried Beckwith, staggering between us, "Mist' Sampson! Mist' Sampson, Julius Cæsar! Julius, Mist' Sampson, is the friend of my soul. Julius keeps me plied with liquor, morning, noon, and night. Julius is a real benefactor. Julius threw the tea and coffee out of window when I used to have any. Julius empties all the water-jugs of their contents, and fills 'em with spirits. Julius winds me up and keeps me going. – Boil the brandy, Julius!"

There was a rusty and furred saucepan in the ashes, – the ashes looked like the accumulation of weeks, – and Beckwith, rolling and staggering between us as if he were going to plunge headlong into the fire, got the saucepan out, and tried to force it into Slinkton's hand.

"Boil the brandy, Julius Cæsar! Come! Do your usual office. Boil the brandy!"

He became so fierce in his gesticulations with the saucepan, that I expected to see him lay open Slinkton's head with it. I therefore put out my hand to check him. He reeled back to the sofa, and sat there panting, shaking, and red-eyed, in his rags of dressing-gown, looking at us both. I noticed then that there was nothing to drink on the table but brandy, and nothing to eat but salted herrings, and a hot, sickly, highly-peppered stew.

"At all events, Mr. Sampson," said Slinkton, offering me the smooth gravel path for the last time,

"I thank you for interfering between me and this unfortunate man's violence. However you came here, Mr. Sampson, or with whatever motive you came here, at least I thank you for that."

«Slinkton ist noch nicht da», sagte diese Kreatur und erhob sich taumelnd, als ich eintrat. «Ich werde ihn rufen. – Hallo! Julius Cäsar! Komm und trink!»

Indem er dies mit heiserer Stimme schrie, schlug er wie von Sinnen Schüreisen und Kohlenzange gegeneinander, so als ob das seine gewöhnliche Art wäre, seinen Kumpan herbeizurufen.

Die Stimme Mr. Slinktons durchdrang das Lärmen von der anderen Seite des Flures, und dann kam er herein. Auf das Vergnügen, mich zu sehen, war er nicht vorbereitet. Ich habe schon mehrmals erlebt, wie ein gerissener Kerl gestellt wurde, aber noch nie jemanden so fassungslos gesehen wie ihn, als unsere Blicke sich begegneten.

«Julius Cäsar», schrie Beckwith, zwischen uns hin und her wankend, «Misser Sampson! Misser Sampson – Julius Cäsar! Julius, Misser Sampson, ist mein Seelenfreund. Julius sorgt dafür, daß ich morgens, mittags und abends 'nügend Schnaps habe. Julius ist ein wahrer Wohltäter. Julius warf den Tee und Kaffee aus dem Fenster, als ich noch welchen hatte. Julius leert alle Wasserkrüge und füll' sie mit Schnaps. Julius zieht mich auf und hält mich in Gang. Mach den Branntwein heiß, Julius!»

Eine Pfanne, bedeckt mit Rost und Kesselstein, lag in der Asche – es schien die Asche von Wochen zu sein –, und Beckwith wankte und stolperte zwischen uns hin und her, als werde er gleich der Länge nach ins Feuer fallen, holte die Pfanne hervor und versuchte, sie Slinkton in die Hand zu drücken.

«Mach den Branntwein heiß, Julius Cäsar! Komm! Walte deines Amtes wie immer. Mach den Branntwein heiß!»

Er wurde bei seinem Fuchteln mit der Pfanne so wild, daß ich schon erwartete, er werde gleich Slinktons Kopf blutig schlagen. Ich streckte deshalb die Hand aus, um ihn daran zu hindern. Er taumelte zurück aufs Sofa, und dort saß er nun in seinem zerlumpten Morgenrock, keuchend, zitternd, mit rot geränderten Augen, und starrte uns an. Dann bemerkte ich, daß nichts zu trinken auf dem Tisch stand außer Branntwein, und nichts zu essen außer Salzheringen und einem heißen, unappetitlichen, stark gepfefferten Eintopf.

«Jedenfalls, Mr. Sampson», sagte Slinkton und bot mir zum letztenmal den glatten Kiesweg dar, «danke ich Ihnen, daß Sie mich vor der Gewalttätigkeit dieses Unglücklichen in Schutz genommen haben. Wie Sie auch hergelangt sein mögen, Mr. Sampson, oder was immer Sie veranlaßt haben mag, hierher zu kommen – jedenfalls dafür bin ich Ihnen dankbar.»

"Boil the brandy," muttered Beckwith.

Without gratifying his desire to know how I came there, I said, quietly, "How is your niece, Mr. Slinkton?"

He looked hard at me, and I looked hard at him.

"I am sorry to say, Mr. Sampson, that my niece has proved treacherous and ungrateful to her best friend. She left me without a word of notice or explanation. She was misled, no doubt, by some designing rascal. Perhaps you may have heard of it."

"I did hear that she was misled by a designing rascal. In fact, I have proof of it."

"Are you sure of that?" said he.

"Quite."

"Boil the brandy," muttered Beckwith. "Company to breakfast, Julius Cæsar. Do your usual office, – provide the usual breakfast, dinner, tea, and supper. Boil the brandy!"

The eyes of Slinkton looked from him to me, and he said, after a moment's consideration,

"Mr. Sampson, you are a man of the world, and so am I. I will be plain with you."

"O no, you won't," said I, shaking my head.

"I tell you, Sir, I will be plain with you."

"And I tell you you will not," said I. "I know all about you. *You* plain with any one? Nonsense, nonsense!"

"I plainly tell you, Mr. Sampson, he went on, with a manner almost composed, "that I understand your object. You want to save your funds, and escape from your liabilities; these are old tricks of trade with you Office-gentlemen. But you will not do it, Sir; you will not succeed. You have not an easy adversary to play against, when you play against me. We shall have to inquire, in due time, when and how Mr. Beckwith fell into his present habits. With that remark, Sir, I put this poor creature, and his incoherent wanderings of speech, aside, and wish you a good morning and a better case next time."

While he was saying this, Beckwith had filled a half-pint glass with brandy. At this moment, he threw the brandy at his face, and threw the glass after it. Slinkton put his hands up, half blinded with the spirit, and cut with the glass across

«Mach den Branntwein heiß», murrte Beckwith.

Ohne auf seine Frage, wie ich dorthin gekommen sei, einzugehen, fragte ich ruhig: «Wie geht es Ihrer Nichte, Mr. Slinkton?»

Er sah mich scharf an, und ich sah ihn scharf an.

«Ich muß leider sagen, Mr. Sampson, daß meine Nichte sich gegenüber ihrem besten Freund als untreu und undankbar erwiesen hat. Sie hat mich ohne ein Wort der Erklärung oder Benachrichtigung verlassen. Zweifellos ist sie von einem hinterlistigen Schurken dazu verführt worden. Vielleicht haben Sie davon gehört.»

«Ich habe in der Tat gehört, daß sie dazu von einem hinterlistigen Schurken verführt worden ist. Ich habe sogar Beweise.»

«Sind Sie dessen sicher?» fragte er.

«Ganz sicher.»

«Mach den Branntwein heiß!» murrte Beckwith. «Besuch zum Frühstück, Julius Cäsar. Walte deines Amtes wie üblich: sorge wie immer für Frühstück, Mittagessen, Tee und Abendessen. Mach den Branntwein heiß!»

Slinktons Augen blickten von ihm zu mir, und nachdem er einen Augenblick nachgedacht hatte, sagte er:

«Mr. Sampson, Sie sind ein Mann von Welt, und ich auch. Ich will offen zu Ihnen sein.»

«Oh nein, das werden Sie nicht», sagte ich und schüttelte den Kopf.

«Ich sage Ihnen, Sir, ich werde offen mit Ihnen sein.»

«Und ich sage Ihnen, daß Sie es nicht sein werden», entgegnete ich. «Ich kenne Sie doch. *Sie* offen zu irgendwem? Unsinn, Unsinn!»

«Ich sage Ihnen offen, Mr. Sampson», fuhr er in fast ruhigem Tone fort, «ich durchschaue Ihre Absicht. Sie wollen Ihre Gelder retten und ihren Zahlungsverpflichtungen entgehen. Das sind alte Geschäftstricks bei den Herren von den Versicherungen. Aber Sie werden es nicht schaffen, Sir; es wird Ihnen nicht gelingen. Wenn Sie gegen mich spielen, haben Sie keinen leichten Gegner. Wir werden uns zu gegebener Zeit erkundigen müssen, wann und wie Mr. Beckwith in seine jetzige Lebensweise verfiel. Mit dieser Bemerkung, Sir, schiebe ich diese armselige Kreatur mit ihrer unzusammenhängenden Faselei beseite und wünsche Ihnen einen guten Morgen und einen besseren Fall fürs nächste Mal.»

Während er sprach, hatte Beckwith ein Glas mit einem Viertel Brandy gefüllt. In diesem Augenblick schüttete er Slinkton den Branntwein ins Gesicht und schleuderte das Glas hinterher. Halb geblendet von dem Schnaps und mit einer Schnittwunde an der Stirn,

the forehead. At the sound of the breakage, a fourth person came into the room, closed the door, and stood at it; he was a very quiet but very keen-looking man, with iron-grey hair, and slightly lame.

Slinkton pulled out his handkerchief, assuaged the pain in his smarting eyes, and dabbled the blood on his forehead. He was a long time about it, and I saw that in the doing of it, a tremendous change came over him, occasioned by the change in Beckwith, – who ceased to pant and tremble, sat upright, and never took his eyes off him. I never in my life saw a face in which abhorrence and determination were so forcibly painted as in Beckwith's then.

"Look at me, you villain," said Beckwith, "and see me as I really am. I took these rooms, to make them a trap for you. I came into them as a drunkard, to bait the trap for you. You fell into the trap, and you will never leave it alive. On the morning when you last went to Mr. Sampson's office, I had seen him first.

Your plot has been known to both of us, all along, and you have been counter-plotted all along. What? Having been cajoled into putting that prize of two thousand pounds in your power, I was to be done to death with brandy, and, brandy not proving quick enough, with something quicker? Have I never seen you, when you thought my senses gone, pouring from your little bottle into my glass? Why, you Murderer and Forger, alone here with you in the dead of night, as I have so often been, I have had my hand upon the trigger of a pistol, twenty times, to blow your brains out!"

This sudden starting up of the thing that he had supposed to be his imbecile victim into a determined man, with a settled resolution to hunt him down and be the death of him, mercilessly expressed from head to foot, was, in the first shock, too much for him. Without any figure of speech, he staggered under it. But there is no greater mistake than to suppose that a man who is a calculating criminal, is, in any phase of his guilt, otherwise than true to himself, and perfectly consistent with his whole character. Such a man commits murder, and murder is the natural culmination of his course; such a man has to outface murder, and will

hob Slinkton die Hände. Beim Klirren des Glases trat eine vierte Person ins Zimmer, schloß die Tür und blieb davor stehen. Es war ein sehr ruhiger grauhaariger Mann mit wachen Augen, der leicht hinkte.

Slinkton zog ein Taschentuch heraus, um den Schmerz in seinen brennenden Augen zu lindern, und tupfte sich das Blut von der Stirn. Er war lange damit beschäftigt, und ich sah, daß sich währenddessen eine erstaunliche Veränderung mit ihm vollzog, ausgelöst durch die Veränderung an Beckwith – der jetzt nicht mehr keuchte und zitterte, sondern aufrecht dasaß und ihn nicht aus den Augen ließ. Nie in meinem Leben habe ich ein Gesicht gesehen, auf dem sich Abscheu und Entschlossenheit so deutlich malten wie damals auf Beckwiths Gesicht.

«Sieh mich an, du Schurke», sagte Beckwith, «und sieh mich, wie ich wirklich bin. Ich habe diese Zimmer gemietet, um daraus eine Falle für dich zu machen. Ich kam als Trunkenbold hierher, um dich zu ködern. Du bist in die Falle gegangen, und du wirst sie lebend nicht mehr verlassen. An dem Morgen, als du zuletzt in Mr. Sampsons Büro gingst, hatte ich ihn zuvor schon aufgesucht. Wir beide wußten von Anfang an, was du im Schilde führtest, und haben dir die ganze Zeit entgegengearbeitet. Wie denn? Nachdem ich mich hatte beschwatzen lassen, dir für diese Prämie von zweitausend Pfund die Vollmacht zu geben, sollte ich da nicht mit Branntwein umgebracht werden, und da Branntwein dann nicht schnell genug wirkte, mit etwas Wirksamerem? Habe ich etwa nicht gesehen, wenn du mich besinnungslos glaubtest, wie du aus deinem Fläschchen etwas in mein Glas gegossen hast? Ha, du Mörder und Betrüger, wenn ich hier mit dir allein war mitten in der Nacht, was oft der Fall war – wohl zwanzigmal hab ich da den Finger am Abzug einer Pistole gehabt, um dir eine Kugel durch den Kopf zu schießen!»

Dieses plötzliche Aufleben jenes Wesens, das er für sein geistesschwaches Opfer gehalten hatte, zu einem entschlossenen Mann, in dessen ganzer Haltung von Kopf bis Fuß sich der feste Vorsatz ausdrückte, ihn erbarmungslos zur Strecke zu bringen und ihm das Leben zu nehmen, traf ihn zunächst wie ein Schlag; das war zuviel für ihn, und er geriet dadurch buchstäblich ins Wanken. Aber es ist der größte Irrtum zu glauben, ein Mann, der ein berechnender Verbrecher ist, werde sich jemals in irgendeiner Phase seiner Untat selbst untreu werden und anders als in völliger Übereinstimmung mit seinem Charakter handeln. Ein solcher Mann begeht Mord, und Mord ist der natürliche Endpunkt seiner Entwicklung; solch ein Mann muß dem

do it with hardihood and effrontery. It is a sort of fashion to express surprise that any notorious criminal, having such crime upon his conscience, can so brave it out. Do you think that if he had it on his conscience at all, or had a conscience to have it upon, he would ever have committed the crime?

Perfectly consistent with himself, as I believe all such monsters to be, this Slinkton recovered himself, and showed a defiance that was sufficiently cold and quiet. He was white, he was haggard, he was changed; but only as a sharper who had played for a great stake and had been outwitted and had lost the game.

"Listen to me, you villian," said Beckwith, "and let every word you hear me say be a stab in your wicked heart. When I took these rooms, to throw myself in your way and lead you on to the scheme that I knew my appearance and supposed character and habits would suggest to such a devil, how did I know that? Because you were no stranger to me. I knew you well. And I knew you to be the cruel wretch who, for so much money, had killed one innocent girl while she trusted him implicitly, and who was by inches killing another."

Slinkton took out a snuff-box, took a pinch of snuff, and laughed.

"But see here," said Beckwith, never looking away, never raising his voice, never relaxing his face, never unclenching his hand. "See what a dull wolf you have been, after all! The infatuated drunkard who never drank a fiftieth part of the liquor you plied him with, but poured it away, here, there, everywhere – almost before your eyes;

who bought over the fellow you set to watch him and to ply him, by outbidding you in his bribe, before he had been at his work three days – with whom you have observed no caution, yet who was so bent on ridding the earth of you as a wild beast, that he would have defeated you if you had been ever so prudent – that drunkard whom you have, many a time, left on the floor of this room, and who has even let you go out of it, alive and undeceived, when you have turned him over with your foot – has, almost as often, on the same night, within

Mord kühn ins Auge schauen können und wird es mit Dreistigkeit und Frechheit tun. Es ist eine Art Mode geworden, Erstaunen darüber zu äußern, wie ein berüchtigter Verbrecher, der eine solche Bluttat auf dem Gewissen hat, damit fertig werden kann. Ja, glaubt man denn, daß er das Verbrechen jemals begangen hätte, wenn er es auf dem Gewissen haben könnte, wenn er überhaupt ein Gewissen hätte?

Sich selbst vollkommen treu, wie es meiner Meinung nach alle diese Ungeheuer sind, faßte sich dieser Slinkton wieder und trug einen ziemlich kaltschnäuzigen und unverfrorenen Trotz zur Schau. Er war blaß, er war verstört, er war verändert; aber nur wie ein Gauner, der beim Spiel um einen großen Einsatz übertölpelt worden war und verloren hatte.

«Hör zu, du Schurke», sagte Beckwith, «und möge jedes Wort, das du mich sagen hörst, ein Dolchstoß in dein verruchtes Herz sein. Als ich diese Zimmer mietete, um mich dir in den Weg zu werfen und dich zu dem Plan zu verleiten, den, wie ich wußte, mein Äußeres und mein vermeintlicher Charakter und meine Gewohnheiten einem Teufel wie dir eingeben würden – woher nahm ich dieses Wissen? Weil du mir kein Fremder warst. Ich kannte dich genau. Und ich kannte dich als den grausamen Schuft, der für Geld ein unschuldiges Mädchen umgebracht hatte, das ihm uneingeschränkt vertraute, und der im Begriff war, ein zweites Mädchen nach und nach umzubringen.»

Slinkton zog eine Schnupftabaksdose hervor, nahm eine Prise und lachte.

«Aber sieh nur», sagte Beckwith, der keine Sekunde wegblickte, keine Sekunde die Stimme erhob, keine Sekunde die Anspannung seiner Gesichtszüge milderte, keine Sekunde die geballte Faust lockerte. «Sieh nur, was du im Grunde doch für ein dummer Schurke gewesen bist! Der um seinen Verstand gebrachte Trunkenbold, der nicht einmal den fünfzigsten Teil von dem Schnaps trank, den du ihm aufgenötigt hast, sondern ihn fortgoß: hierhin, dorthin, überall hin, fast vor deinen Augen; der den Kerl, den du als seinen Wächter und Saufkumpan eingestellt hattest, auf seine Seite brachte, noch ehe dieser drei Tage gearbeitet hatte, indem er ihm mehr Geld bot als du; dem gegenüber du keinerlei Vorsicht hast walten lassen, obwohl er so versessen darauf war, die Erde von dir wie von einem wilden Tier zu befreien, daß er dich vernichtet hätte, und wärst du noch so umsichtig gewesen; dieser Trunkenbold, den du oftmals auf dem Boden dieses Zimmers hast liegen lassen und der dich sogar bewußt und bei klarem Verstand hinausgehen ließ, nachdem du ihn mit dem Fuß umgedreht

an hour, within a few minutes, watched you awake, had his hand at your pillow when you were asleep, turned over your papers, taken samples from your bottles and packets of powder, changed their contents, rifled every secret of your life!"

He had had another pinch of snuff in his hand, but had gradually let it drop from between his fingers to the floor: where he now smoothed it out with his foot, looking down at it the while.

"That drunkard," said Beckwith, "who had free access to your rooms at all times, that he might drink the strong drinks that you left in his way and be the sooner ended, holding no more terms with you than he would hold with a tiger, has had his master-key for all your locks, his test for all your poisons, his clue to your cipher-writing.

He can tell you, as well as you can tell him, how long it took to complete that deed, what doses there were, what intervals, what signs of gradual decay upon mind and body; what distempered fancies were produced, what observable changes, what physical pain. He can tell you, as well as you can tell him, that all this was recorded day by day, as a lesson of experience for future service. He can tell you, better than you can tell him, where that journal is at this moment."

Slinkton stopped the action of his foot, and looked at Beckwith.

"No," said the latter, as if answering a question from him. "Not in the drawer of the writing-desk that opens with a spring; it is not there, and it never will be there again.

"Then you are a thief!" said Slinkton.

Without any change whatever in the inflexible purpose, which it was quite terrific even to me to contemplate, and from the power of which I had always felt convinced it was impossible for this wretch to escape, Beckwith returned,

"And I am your niece's shadow, too."

With an imprecation Slinkton put his hand to his head, tore out some hair, and flung it to the ground. It was the end of the smooth walk; he destroyed it in the action, and it will soon be seen that his use for it was past.

Beckwith went on: "Whenever you left here, I left here.

hattest – er hat dich fast ebenso oft in derselben Nacht eine Stunde später, wenige Minuten später, hellwach beobachtet, er hatte seine Hand an deinem Kissen, wenn du schliefst, blätterte in deinen Papieren, entnahm Proben aus deinen Fläschchen und Pulverpäckchen, tauschte ihren Inhalt aus, stahl dir alle Geheimnisse deines Lebens.»

Slinkton hatte eine neue Prise Schnupftabak in den Fingern gehalten, hatte sie aber allmählich auf den Boden fallen lassen, wo er sie jetzt gesenkten Blickes mit dem Fuß zerrieb.

«Dieser Trunkenbold», sagte Beckwith, «der zu jeder Zeit freien Zutritt zu deinen Räumen hatte, damit er die starken Getränke, die du für ihn herumstehen ließest, trinken und umso schneller zugrunde gehen sollte; der mit dir sowenig ein Abkommen einhielt, wie er es mit einem Tiger halten würde – dieser Trunkenbold hatte die ganze Zeit einen Hauptschlüssel zu all deinen Schlössern, die Analyse all deiner Gifte, den Schlüssel zu deiner Geheimschrift. Er kann dir genauso gut sagen wie du ihm, wieviel Zeit nötig war, um jene Tat zu vollbringen, was für Dosen gegeben wurden und in welchen Abständen, welches die Anzeichen allmählichen geistigen und körperlichen Verfalls waren, welche Wahnvorstellungen hervorgerufen wurden, welche sichtbaren Veränderungen, welche körperlichen Schmerzen. Er kann dir genauso gut sagen wie du ihm, daß all dies Tag für Tag aufgezeichnet wurde als eine Erfahrung, deren Lehren dir künftig gute Dienste leisten sollten. Er kann dir besser sagen als du ihm, wo sich dieses Tagebuch im Augenblick befindet.»

Slinkton hielt in der Bewegung seines Fußes inne und sah Beckwith an.

«Nein», sagte dieser, wie wenn er ihm eine Frage beantwortete. «Nicht im Schreibtisch in der Schublade, die durch Knopfdruck geöffnet wird; dort ist es nicht und wird es auch nie wieder sein.»

«Dann bist du ein Dieb!» sagte Slinkton.

Ohne im geringsten nachzulassen in dem unbeugsamen Vorsatz, den zu beobachten selbst für mich entsetzlich war und vor dessen Gewalt es nach meiner Überzeugung für diesen Elenden keinerlei Entkommen gab, entgegnete Beckwith:

«Und ich bin auch der Schatten deiner Nichte.»

Mit einer Verwünschung griff sich Slinkton an den Kopf, raufte sich ein Haarbüschel aus und schleuderte es auf den Boden. Das war das Ende des glatten Weges; er zerstörte ihn mit dieser Gebärde, und man wird bald sehen, daß er ihn auch nicht mehr benötigte.

Beckwith fuhr fort: «Jedesmal, wenn du von hier weggingst, ging

Although I understood that you found it necessary to pause in the completion of that purpose, to avert suspicion, still I watched you close, with the poor confiding girl. When I had the diary, and could read it word by word, – it was only about the night before your last visit to Scarborough, – you remember the night? you slept with a small flat vial tied to your wrist, – I sent to Mr. Sampson, who was kept out of view. This is Mr. Sampson's trusty servant standing by the door. We three saved your niece among us."

Slinkton looked at us all, took an uncertain step or two from the place where he had stood, returned to it, and glanced about him in a very curious way, – as one of the meaner reptiles might, looking for a hole to hide in. I noticed at the same time, that a singular change took place in the figure of the man, – as if it collapsed within his clothes, and they consequently became ill-shapen and ill-fitting.

"You shall know," said Beckwith, "for I hope the knowledge will be bitter and terrible to you, why you have been pursued by one man, and why, when the whole interest that Mr. Sampson represents would have expended any money in hunting you down, you have been tracked to death at a single individual's charge. I hear you have had the name of Meltham on your lips sometimes?"

I saw, in addition to those other changes, a sudden stoppage come upon his breathing.

"When you sent the sweet girl whom you murdered (you know with what artfully made-out surroundings and probabilities you sent her) to Meltham's office, before taking her abroad to originate the transaction that doomed her to the grave, it fell to Melthams's lot to see her and to speak with her. It did not fall to his lot to save her, though I know he would freely give his own life to have done it. He admired her ; – I would say he loved her deeply, if I thought it possible that you could understand the word. When she was sacrificed, he was thoroughly assured of your guilt. Having lost her, he had but one object left in life, and that was to avenge her and destroy you."

I saw the villain's nostrils rise and fall convulsively ; but I saw no moving at his mouth.

auch ich. Obgleich ich wußte, daß es dir nötig schien, in der Ausführung deines Vorhabens eine Pause einzulegen, um keinen Verdacht zu erregen, so beobachtete ich dich doch genau, wenn du bei dem armen, vertrauensvollen Mädchen warst. Als ich dein Tagebuch hatte und es Wort für Wort lesen konnte – das war erst in der Nacht vor deinem letzten Aufenthalt in Scarborough (erinnerst du dich an diese Nacht? Vorm Schlafengehen hattest du dir eine kleine, flache Phiole ans Handgelenk gebunden) – da schickte ich nach Mr. Sampson, der selbst aber im Hintergrund blieb. Das ist Mr. Sampsons treuer Diener, der dort an der Tür steht. Zu dritt retteten wir deine Nichte.»

Slinkton sah uns alle an, machte von dort, wo er gestanden hatte, ein paar unschlüssige Schritte, ging zurück und schaute auf sehr eigenartige Weise umher – ungefähr so wie eins der niedrigeren Reptile, wenn es sich nach einem Schlupfloch umsieht. Gleichzeitig bemerkte ich, daß eine seltsame Veränderung mit der Gestalt des Mannes vor sich ging, so als ob er in seinen Kleidern zusammenfiele und diese daher ihre Form verlören und ihm nicht mehr paßten.

«Du sollst wissen», sagte Beckwith, «denn ich hoffe, dieses Wissen wird für dich bitter und schrecklich sein, weshalb du von einem einzigen Mann verfolgt worden bist und weshalb du – da doch die Kreise, die Mr. Sampson vertritt, jeden Betrag ausgegeben hätten, um dich zur Strecke zu bringen – mit den Mitteln eines Einzelnen zu Tode gehetzt worden bist. Wie ich höre, hast du öfters den Namen Meltham im Munde geführt?»

Neben jenen schon genannten Veränderungen bemerkte ich jetzt, wie ihm plötzlich der Atem stockte.

«Als du das liebreizende Mädchen, das du ermordet hast, in Melthams Büro schicktest (du weißt ja, unter welchen schlau ausgeklügelten Umständen und Wahrscheinlichkeiten), um dort, bevor du mit ihr ins Ausland gingst, jene Transaktion einzuleiten, die ihren Tod heraufbeschwor, da war es Meltham beschieden, sie zu sehen und mit ihr zu sprechen. Es war ihm jedoch nicht beschieden, sie zu retten, obwohl er dafür, wie ich weiß, gerne sein eigenes Leben hingegeben hätte. Er bewunderte sie, ja, ich würde sagen, daß er sie innig liebte, wenn ich es für möglich hielte, daß du dieses Wort verstehst. Als sie hingeopfert wurde, war er fest von deiner Schuld überzeugt. Da er sie verloren hatte, gab es für ihn nur noch ein Ziel im Leben: sie zu rächen und dich zu vernichten.»

Ich sah die Nasenflügel des Schurken sich krampfhaft blähen, aber sein Mund blieb unbewegt.

"That man Meltham," Beckwith steadily pursued, "was as absolutely certain that you could never elude him in this world, if he devoted himself to your destruction with his utmost fidelity and earnestness, and if he divided the sacred duty with no other duty in life, as he was certain that in achieving it he would be a poor instrument in the hands of Providence, and would do well before Heaven in striking you out from among living men. I am that man, and I thank God that I have done my work!"

If Slinkton had been running for his life from swift-footed savages, a dozen miles, he could not have shown more emphatic signs of being oppressed at heart and labouring for breath, than he showed now, when he looked at the pursuer who had so relentlessly hunted him down.

"You never saw me under my right name before; you see me under my right name now. You shall see me once again in the body, when you are tried for your life. You shall see me once again in the spirit, when the cord is round your neck, and the crowd are crying against you!"

When Meltham had spoken these last words, the miscreant suddenly turned away his face, and seemed to strike his mouth with his open hand. At the same instant, the room was filled with a new and powerful odour, and, almost at the same instant, he broke into a crooked run, leap, start, – I have no name for the spasm, – and fell, with a dull weight that shook the heavy old doors and windows in their frames.

That was the fitting end of him.

When we saw that he was dead, we drew away from the room, and Meltham, giving me his hand, said, with a weary air,

"I have no more work on earth, my friend. But I shall see her again elsewhere."

It was in vain that I tried to rally him. He might have saved her, he said; he had not saved her, and he reproached himself; he had lost her, and he was broken-hearted.

"The purpose that sustained me is over, Sampson, and there is nothing now to hold me to life. I am not fit for life; I am weak and spiritless; I have no hope and no object; my day is done."

«Dieser Meltham», fuhr Beckwith ruhig fort, «war vollkommen davon überzeugt, daß du ihm auf dieser Welt nicht entgehen könntest, wenn er sich deiner Vernichtung nur mit äußerster Pflichttreue und Gewissenhaftigkeit widmete, und wenn er diese heilige Pflicht mit keiner anderen in seinem Leben teilte; und ebenso fest war er davon überzeugt, daß er bei der Erfüllung dieser Pflicht nur ein bescheidenes Werkzeug in den Händen des Weltenlenkers sein würde und vor Gott ein gutes Werk vollbrächte, wenn er dich aus der menschlichen Gesellschaft tilgte. Dieser Mann bin ich, und ich danke Gott dafür, daß ich mein Werk vollendet habe!»

Wäre Slinkton vor schnellfüßigen Wilden ein Dutzend Meilen um sein Leben gerannt, die Anzeichen von Herzbeklemmung und Atemnot hätten nicht deutlicher sein können als jetzt, da er den Verfolger ansah, der ihn so gnadenlos zur Strecke gebracht hatte.

«Du hast mich nie zuvor unter meinem richtigen Namen gesehen; jetzt siehst du mich unter meinem richtigen Namen. Du sollst mich noch einmal leibhaftig sehen, wenn dir der Mordprozeß gemacht wird. Du sollst mich noch einmal im Geiste sehen, wenn der Strick um deinen Hals liegt und die Menge dich niederschreit!»

Kaum hatte Meltham diese Worte gesprochen, da wandte der elende Slinkton sein Gesicht zur Seite und schien sich mit der flachen Hand auf den Mund zu schlagen. Im selben Augenblick füllte sich der Raum mit einem neuen, strengen Geruch, und fast gleichzeitig trampelte und krümmte sich Slinkton, sprang, tat einen Satz – ich weiß kein Wort für diese Zuckungen – und stürzte mit dumpfem Geräusch so wuchtig hin, daß die schweren alten Türen und Fenster in ihren Rahmen erzitterten.

Das war ein Ende, wie es ihm gebührte.

Als wir sahen, daß er tot war, zogen wir uns aus dem Zimmer zurück, und Meltham gab mir seine Hand und sagte mit matter Stimme:

«Ich habe keine Aufgabe mehr auf dieser Welt, mein Freund. Aber ich werde Margaret an einem anderen Ort wiedersehen.»

Vergebens versuchte ich, ihn zu ermuntern. Er hätte sie vielleicht retten können, sagte er; er habe sie nicht gerettet und mache sich Vorwürfe; er habe sie verloren, und sein Herz sei gebrochen.

«Das Vorhaben, das mich aufrecht hielt, ist abgeschlossen, Mr. Sampson, und es gibt jetzt nichts mehr, das mich ans Leben bindet. Ich tauge nicht mehr fürs Leben; ich bin schwach und mutlos; ich habe keine Hoffnungen und keine Ziele; meine Tage sind vorüber.»

In truth, I could hardly have believed that the broken man who then spoke to me was the man who had so strongly and so differently impressed me when his purpose was before him. I used such entreaties with him, as I could; but he still said, and always said, in a patient, undemonstrative way, – nothing could avail him, – he was broken-hearted.

He died early in the next spring. He was buried by the side of the poor young lady for whom he had cherished those tender and unhappy regrets; and he left all he had to her sister. She lived to be a happy wife and mother; she married my sister's son, who succeeded poor Meltham; she is living now, and her children ride about the garden on my walking-stick when I go to see her.

Wahrhaftig, ich konnte kaum glauben, daß dieser gebrochene Mann, der jetzt zu mir sprach, derselbe war, der einen so starken und gänzlich anderen Eindruck auf mich gemacht hatte, als sein Vorhaben ihn noch beseelte. Ich bat ihn, so inständig ich es vermochte, aber immer wieder sagte er beharrlich und ruhig, nichts könne ihm helfen, sein Herz sei gebrochen.

Er starb zu Beginn des nächsten Frühlings. Er wurde an der Seite der armen jungen Dame begraben, um die er so zarten, herben Kummer gehegt hatte; all sein Eigentum hinterließ er ihrer Schwester. Sie blieb am Leben und wurde eine glückliche Ehefrau und Mutter. Sie heiratete den Sohn meiner Schwester, der an die Stelle des armen Meltham trat. Sie lebt noch, und ihre Kinder spielen im Garten mit meinem Spazierstock Steckenpferd, wenn ich sie besuchen komme.

Anmerkungen

*The Lamplighter*

S. 6 Z. 1: *Patrick Murphy* (1782–1847) erwarb sich 1838 mit seinem *Weather Almanack on Scientific Principles* als Wetterprophet zweifelhaften Ruhm.

S. 6 Z. 1: *Dr Francis Moore* (1657–1715): Londoner Arzt und Astrologe; er veröffentlichte seit 1700 *Old Moore's* astrologischen Almanach.

S. 6 Z. 20: *cacique*: (über spanisch *cacique* aus einer Indianersprache) Stammeshäuptling der westindischen und mittelamerikanischen Indianer, Kazike.

S. 10 Z. 25: *Pall Mall*: Straße im Londoner West End.

S. 12 Z. 20: *Father Mathew* (1790–1856): irischer Kapuzinerpater, der in England und Amerika mit großem Erfolg gegen den Alkohol predigte.

S. 12 Z. 25: *Islington*: Stadtteil nördlich der Londoner City.

S. 22 Z. 2: *Doctor Watts's Hymns*: Isaak Watts (1674–1748) schrieb zahlreiche auch heute noch sehr populäre Kirchenlieder.

S. 22 Z. 31: *the comet*: der Halleysche Komet, der 1834 zu sehen war.

S. 26 Z. 7: *they were heating the pokers*: Anspielung auf Vorstellungen im Volksglauben über grausame Aufnahmerituale der Freimaurer.

S. 32 Z. 2: *Monk Lewis*: Matthew Gregory Lewis (1775–1818) veröffentlichte 1796 den Schauerroman *The Monk*, dessen Skandalerfolg ihm den Spitznamen Monk Lewis einbrachte; die zitierten Verse markieren einen Spannungshöhepunkt im Roman.

*To Be Read at Dusk*

S. 44 Z. 24: *Chiaja*: elegante Straße in Neapel.

S. 60 Z. 22: *Epping Forest*: Waldgebiet nordöstlich von London.

*Hunted Down*

S. 70 Z. 18: *Middle Temple*: Von den Tempelrittern gegründeter Gebäudekomplex zwischen Fleet Street und Themse, Teil der Inns of Court, wo Anwälte ausgebildet werden, praktizieren und als Studenten wohnen können.

S. 84 Z. 25: *Scarborough*: Seebad in Yorkshire an der englischen Nordostküste.

S. 88 Z. 11: *East India Company*: englische Handelsgesellschaft, die seit 1600 mit dem Fernen Osten Handel trieb.

Nachwort des Übersetzers

Charles Dickens ist uns zumeist als Verfasser breit angelegter Romane bekannt, daneben auch als Erzähler von Weihnachtsgeschichten; wenig bekannt sind dagegen hierzulande seine zahlreichen anderen kleinen Prosastücke. Dabei war er ein Meister auch der kleinen Form, und sein sicherer Sinn für spannungsreichen Aufbau und wesentliche Einzelheiten ist auch hier stets erkennbar. Seinen Ruhm als Erzähler begründete er mit den humoristischen *Sketches by Boz* (1836), und auch sein erster Roman, *Pickwick Papers* (1837), ist eigentlich eher eine Aneinanderreihung von einzelnen Begebenheiten, Anekdoten und Geschichten. Im Grunde ist das Episodische lange Zeit ein Strukturprinzip seiner Romane geblieben, die ja in Fortsetzungen erschienen, von denen jede ihren eigenen Höhepunkt und Abschluß haben mußte.

Die meisten seiner kurzen Geschichten veröffentlichte Dickens in seinen Zeitschriften *Household Words* und *All the Year Round*, und später wurden sie als *Reprinted Pieces* in die Ausgaben seiner Werke eingeordnet. Zu diesen *Reprinted Pieces* gehören die vorliegenden drei Erzählungen, die hier in chronologischer Folge kurz kommentiert werden.

*The Lamplighter* war ursprünglich eine kleine Farce, die der theaterbesessene Dickens 1838 für das Covent Garden Theatre schrieb. Das Stück wurde nie aufgeführt, aber die Prosafassung von 1841 hat in ihrer burlesken Handlung und den komischen Dialogen noch viele bühnenwirksame Elemente bewahrt. Die skurrilen Gestalten Tom Grigs, des gelehrten alten Herrn und des talentierten Mooney lassen die Vorliebe besonders des jungen Dickens für Karikaturen und Situationskomik erkennen – seine Freude am Schrulligen, Unterhaltsamen, an der komischen Verfremdung sprachlicher und gesellschaftlicher Konventionen. Die Nähe zu den *Pickwick Papers* ist nicht zu übersehen, gerade auch in dem gutmütigen Spott über die Wissenschaft, die Dickens für wenig mehr als Pedanterie und Spintisiererei hielt. Widmen Mooney & Co sich der Suche nach dem Stein der Weisen, so stellt Mr. Pickwick eine Theorie der Froschsprünge auf. Dickens selbst befaßte sich intensiv mit Mesmerismus und Hypnose, Spiritismus, Phrenologie und Physiognomik, und davon ist einiges in die beiden anderen Geschichten dieses Bändchens eingegangen.

*To Be Read at Dusk* (1852) ist gewiß keine richtige Geistergeschichte. «Ghosts!» sagt der eine Reiseführer verächtlich. «There are no ghosts here!» Dickens war zu skeptisch, um sonderbare Phänomene vorschnell so eindeutig zu erklären:

> Ich bin in diesen Dingen völlig unvoreingenommen und aufgeschlossen. Ich behaupte nicht im mindesten, daß es so etwas nicht gibt. Aber ich lehne es in den meisten Angelegenheiten ab, daß man für mich denkt oder – wenn ich das einmal so ausdrücken darf – mich kopftot redet. Und bisher habe ich noch keine Geistergeschichte gehört, die man mir hätte beweisen können oder die nicht eine Auffälligkeit enthalten hätte – daß nämlich die Veränderung einer winzigen Einzelheit sie ganz gewöhnlichen, natürlichen Erklärungen zugänglich machte.

Dennoch beschäftigten ihn derartige Vorkommnisse immer wieder, nicht zuletzt aufgrund seines eigenen Erlebens: Die Gestalt Mary Hogarths, seiner von ihm schwärmerisch verehrten Schwägerin, erschien ihm noch lange Zeit nach ihrem Tod im Jahre 1837 regelmäßig im Schlaf – halb Traum, halb Vision, wie er es selbst beschrieb; und auf seiner Reise durch Italien lernte er 1844 in Genua eine Engländerin, Mrs. de la Rue kennen, die von quälenden Phantomen verfolgt wurde und die er erfolgreich mit Hypnose behandelte. Etliche Zeitschriftenartikel hat Dickens den Themen «Geister» und «Träume» gewidmet, und auch in den Romanen spielen sie eine Rolle, besonders in *The Mystery of Edwin Drood*. Mehr als ihre möglichen Ursachen interessieren Dickens jedoch die Erscheinungen selbst, die er dank seiner scharfen Beobachtungsgabe und seiner schriftstellerischen Fähigkeiten so darzustellen vermag – man denke an das Verhältnis zwischen Mann und Frau in der Erzählung des Genuesers –, daß sich dem Leser sowohl psychologische als auch andere Deutungen eröffnen, ohne ihm aufgedrängt zu werden.

Je nach Betrachtungsweise erhalten auch solche Details wie der verfallene, stickige Palazzo, das Gewitter, die Düsternis verschiedene Bedeutungen: Sie sind selbstverständlich bewährte Versatzstücke der melodramatischen Schauerromantik, wie sie Dickens oft zur Schaffung einer Atmosphäre des Unheimlichen benutzt; aber man kann sie auch im Zusammenhang mit dem inneren Zustand der jungen Frau betrachten und ihnen eine gewisse Symbolkraft beimessen. Ohne diese kleine Erzählung überbewerten zu wollen, kann man hier an ähnliche Erzähltechniken in *Bleak House* erinnern.

Die dritte Geschichte, *Hunted Down*, erschien zunächst 1859 in New York und dann 1860 in Dickens' *All the Year Round*. Julius Slinkton gehört zu jenen Spitzbuben, Bösewichtern und Verbrechern, denen Dickens sich in seinen Romanen immer wieder zugewandt hat. Ihre Galerie reicht von dem liebenswerten Hochstapler und Heiratsschwindler Alfred Jingle in den *Pickwick Papers* bis zum kalt berechnenden Mörder Jonas Chuzzlewit; vom gutherzigen Sträfling Magwitch in *Great Expectations* und dem grotesken Quilp in *The Old Curiosity Shop* bis zu Uriah Heep, dem heuchlerischen Betrüger in *David Copperfield* und Fagin, Sikes und den anderen Schurken in *Oliver Twist*. Die Gestalt Slinktons geht zurück auf eine authentische Figur, nämlich die des Giftmörders Thomas Griffiths Wainewright. Wainewright spielte im London der 1820er Jahre eine gewisse Rolle als Literatur- und Kunstkritiker und galt mit seinem blumigen, gedrechselten Stil und seiner Schwäche für modische Kleidung als Hauptvertreter der sogenannten *Dandy School*. Wachsende Schulden ließen ihn zunächst einen Bankwechsel fälschen; dann starb plötzlich und unter mysteriösen Umständen ein Onkel, dessen Hinterlassenschaft ihm vorübergehend aus der finanziellen Verlegenheit half; und kurz danach starben, ebenso plötzlich und qualvoll, seine Schwiegermutter und seine einundzwanzigjährige Schwägerin – für die er beide zuvor Lebensversicherungen abgeschlossen hatte. Als die Versicherung Verdacht schöpfte, floh er nach Frankreich, wo man ihn bald darauf verhaftete und im Besitz von Strychnin fand. 1837 kehrte Wainewright nach London zurück, und wenig später wurde er entdeckt und verhaftet. Zeitweise saß er im Newgate Prison, und dort sah ihn Dickens bei einem seiner Gefängnisbesuche. Wainewright wurde wegen der Wechselfälschung verurteilt und nach Tasmanien deportiert; er starb dort 1852. Etwa zu dieser Zeit lernte Dickens den Arzt kennen, der Wainewrights drittes Opfer, die junge Schwägerin, behandelt hatte. Dessen Bericht sowie das, was allgemein über diesen aufsehenerregenden Fall bekannt geworden war, trug bei zur Entstehung der Gestalt des Julius Slinkton. Übrigens erscheint Wainewright auch noch in einem weiteren viktorianischen Werk, nämlich als Varney in dem Roman *Lucretia* des Dickens-Freundes Bulwer Lytton.

Der Erzähler in *Hunted Down* nennt seine Geschichte eine «romance», also eine spannungsvolle Erzählung von Liebe, Leidenschaft und unerhörten, ans Phantastische grenzenden Ereignissen. Sie trägt viele Merkmale der später so genannten Detektivgeschichten (zu

deren Vorläufern man Dickens ebenso zählen muß wie seinen engen Freund Wilkie Collins): Da ist der Verfolger, der durch List und Scharfsinn dem Gesuchten auf die Schliche kommt; der Mörder, über dessen wahre Natur der Leser erst spät Gewißheit erhält; und die große Szene am Schluß, in der der Verfolger den Mörder entlarvt und sein Verbrechen rekonstruiert. Manche Elemente sind melodramatisch und sentimental, wie dies dem damaligen, vom Theater beeinflußten Geschmack entsprach. Die Gestalt Melthams, der, für sein zerstörtes Glück Rache nehmend, seinen letzten Daseinswillen aufzehrt, und seine flammende Rede am Schluß der Erzählung sind Beispiele dafür. Daneben ist aber gerade in der Gestalt Slinktons ein stark realistischer Zug zu bemerken. Wir haben es hier nicht mehr, wie in Dickens' frühen Werken, mit einem typisierten, durch und durch finsteren Schurken zu tun, den bereits Aussehen und Redeweise überdeutlich als solchen zu erkennen geben, sondern mit einer lebensnahen Figur von der Art, wie sie uns in den späteren Werken immer zahlreicher begegnen.

Wenngleich man natürlich nicht behaupten kann, daß diese drei Geschichten bereits den ganzen Dickens erkennen lassen, so enthalten sie doch im kleinen einige Themen, die er in den Romanen des öfteren ausgearbeitet hat; und auch die Vielfalt seiner Darstellungsweise – bald grotesk überzeichnend, bald kühl beobachtend und realistisch schildernd – deutet sich in diesen kurzen Erzählungen an. Vor allem aber zeigt sich hier so gut wie in den Romanen sein Talent, eine unterhaltsame Geschichte zu erzählen, und zu recht durfte Dickens von sich sagen: «I should never have made my success in life if I had not bestowed upon the least thing I have ever undertaken exactly the same attention and care that I have bestowed upon the greatest.»

Harald Raykowski

Von Charles Dickens gibt es im Deutschen Taschenbuch Verlag folgende Dünndruck-Ausgaben:

Die Pickwickier
Mit 42 Illustrationen von Robert Seymour und Phiz (d. i. H. K. Browne)
dtv 2022

Weihnachtserzählungen
Mit den 49 Illustrationen der Erstausgaben
dtv 2028

Große Erwartungen
Mit 21 Illustrationen von F. W. Pailthorpe
dtv 2036

Oliver Twist
Mit 23 Illustrationen von George Cruikshank
dtv 2062

Alle diese Bände sind mit Nachworten von Siegfried Schmitz sowie mit Zeittafeln und Literatur-Hinweisen versehen.

Und in der Reihe dtv zweisprachig gibt es außer dem vorliegenden Band noch:

The two Tales of the Bagman / Die zwei Erzählungen des Handlungsreisenden
Aus den Pickwick Papers. Mit Illustrationen von Willy Widmann
dtv 9012

Ein Verzeichnis aller seiner Bücher schickt der Deutsche Taschenbuch Verlag gerne jedem Interessenten. Die Adresse: Postfach 400422, 8000 München 40